패랭이꽃 백서

자하 류시경 시집

패랭이꽃 백서

옥연서사

시인의 말

코로나가 세상을 발칵 뒤집은 지 어언 3년이 되었습니다. 상상을 초월하는 감염자 수와 죽음의 통계를 확인하면서 세상에 존재하는 모든 종류의 어둔 감정을 맛본 듯합니다. 여느 때보다 삶과 죽음에 대해서 자주 묵상하였습니다. 삶에서 수용과 순응의 폭이 커졌고, 죽음은 공포보다는 초연함으로 태도가 더 기울어진 것 같습니다.

오늘도 생과 사에 대한 감정을 양어깨에 하나씩 걸치고 묵상합니다. 설령, 한 시간 후에 편도의 먼 길 떠난다 할지라도. 뒷자리가 깔끔하도록 그날그날 주변을 정리하는 습성도 생겼습니다.

세계에서 가장 긴 코로나 봉쇄 기간을 기록한 멜버른에 사는 덕에 그간 써 둔 시를 모아 봤습니다. 불확실한 매

일이 거칠고 힘들어도 잘 이겨 내고, 모두가 마음만은 늘 따뜻했으면 좋겠습니다.

이 시집을 남편(Glenn Lawson)과 외아들(Daniel Lawson) 그리고 돌아가신 부모님께 바칩니다.

2022. 1. 멜버른에서

자하 류시경

2부 그리움, 그리고 몽환

3부 나에게 부침

4부 패랭이꽃 백서

1부

그곳에서

전류리 포구의 기억

한 남자와 전류리 포구에 갔었지
주변은 허름하지만, 활어회가 그렇게 맛나다며
최북단 포구를 향해 비포장 외길을 달렸을 때
볼품없는 나를 향한 남자의 지순한 사랑을 느꼈지

포구는 추했지
남과 북을 긋는 녹슨 철조망이 길을 막아
강물은 만질 수 없었고
단 하나라도 아름다운 것 있을까.
먼 수평까지 시선을 바삐 움직여 보았지만
저편 동포들의 슬픈 인생사로 끝내 불편했지

자유롭게 보일 뿐 자유가 아니고
기다림이 오직 죽음인 팔뚝만 한 숭어들의 물질이
혁명처럼 거칠었지
바닥에 납작 붙은 무위의 찰광어를 찍고
발길을 돌렸을 때

나는 속으로 바랐지

달항아리처럼 예쁜 저 광어에
회칼이 닿기 전
주인이 자비를 베풀어 주기를
티끌만 한 양일지라도 마지막 입질의 행복이
저 생명에게 주어지기를

우리는 소주를 곁들여 즐겁게 생회를 먹었지
혁명도 무저항도 아무런 소용이 없고
갇혀서 주검 되고 누구에게든 먹히는 것이
어찌 너희뿐이겠니?
사유를 섞은 매운 찌개를 비울 때쯤
송골송골 맺혔던 땀방울 눈물 콧물의 범벅이
얼굴을 온통 뒤덮었지

배는 한없이 불렀고 의식은 점점 몽롱해지고
그렇게 완성된 한 포식자의 초상
전류리 포구의 기억 속에 언제나 덧없이
떠 있지

능내 폐역에서

잘못 든 길에서 능내역을 만났다
어떤 이들에겐
여정의 목적지였을 수도 있지만
길을 잃지 않았다면
나는 평생 오지 않았을 수도 있는
고요한 능내 폐역

출발도 도착도 멈춘 곳에
여인의 화려한 치마폭 같은
가을이 시나브로 떠났고
기적이 없어도 철로가 끊겨도
쓸쓸함, 그 독한 것들이
떼 지어 도착했다

녹슨 철로 위의 열차 두 칸
추억의 카페로 예쁘게 변신하고
목마른 여행자를 기다렸건만

넘나든 것은 시절 없이 부는 바람뿐

굳게 잠긴 열차는 역사를 바라보고

버려진 역사는

다시 버림받은 두 칸 열차를

저만치서 바라보고 있었다

석모도에서

연락선이 섬에 닿을 때까지
끼룩— 끼룩—
울며 쫓아오는 허기진 갈매기들의 난무를 즐기며
갑판에서 흔들렸다

아는 이 없는 섬에
낯선 객들과 첫발을 디뎠을 때
필요에 따라 쑥쑥 꺼내 썼던 가면은
내 안 어디에도 보이지 않았다

먼 수평
마른 뭍
고요한 서녘 하늘 아래
비스듬히 누운 해안선의 균형이 좋았다
똑바로 선 내가 차라리 위태롭던 그곳에서
나는
참된 것에도

아름다운 것에도
기울기가 있음을 알았다

해풍이 불면
한없이 비틀거려야만 살아남는
빈 고깃배처럼
때로는
삶도 기약 없는 흔들림이란 것을 알았다

어둠이 내리고
달을 따라온 생명의 물이
섬을 품고 밤새 출렁이는 동안
나는
섬의 품에 안겨 비스듬히 누워 있었다

추암에서

동해에 눈 오던 날
추암에 갔다
명의를 찾아온 난치병 환자처럼
솔숲 눈길을 올라
촛대바위가 보이는 벼랑에 섰다

눈은 시야의 많은 것을 덮었지만
마음의 많은 것을 드러냈다

촛대바위, 그 장엄한 오벨리스크가
거센 눈발 속에 굳게 서서
솔숲 벼랑에 선 나를 지휘했다

보라! 한해살이 설움을
하늘도 저렇듯 미련 없이 쏟아 던지는데
마음속 병 된 것들 다 던지고
새날을 살라고

나는 내 안의 숨은 태양을 찾아
촛대 위에 세웠다
마음이 드러낸 상처
수북한 어둠의 편린을 긁어
바다에 뿌렸다

촛대바위 너머
먼바다로 사라지는 아우성
바위와 함께 지켜보았다

눈 내리는 추암에는
나만이 아는 명의가 있다

메타세쿼이아 나무 아래에서

내 생애
다시 사랑할 날이 있다면
메타세쿼이아의 이 평행을
기억하리

돌을 던지면 닿을 만큼
떨어져
주고받는 두 마음의
향기

인고의 수액으로
하늘 향해 뻗으며
천 가닥 만 가닥 빗살 잎으로
떨구는 번뇌

끝내
점 하나로 승화되는

멋진 종착

내 생애
다시 사랑할 날 온다면
메타세쿼이아의 이 길
기억하리

산정(山頂)에서

평정을 찾아

숲을 헤치고 돌부리 치우며

비칠비칠 산정에 닿았더니

세상 어디보다

훨씬 거칠고 모진

산바람 골바람

답이 분명해졌다

산이 되든지

내가 낮아지든지

시장에 가서

볼 일이 없어도
울적할 때 가끔 재래시장을 찾는다
시장에서 한나절 넋 잃고 걷다 보면
연자돌 같던 무게가 벗겨지고
혼돈들이 제자리를 찾는다

삶이 투쟁으로 보이는 날은 씁쓸하다
하나의 몸이 무수한 적을 거슬러
앞으로 더 앞으로
쉴 새 없이 전진하는 숙명의 행진으로
받아들일 수밖에 없는 날은
허망하다

계란 가게 앞에서 잠깐 주춤했다
주인이 먹던 음식을 내려놓고
황급히 다가왔다
매매가 얼떨결에 이루어졌다

계란을 담는 주인의 표정을 보며 생각했다
삶은
말과 생각만의 화려한 이벤트가 아니고
돈과 물질만은 더욱 아니고

삶은 베푸는 것이고
당신과 내가 마주 보고
서로에게 필요한 것을 주고
또 받는 것임을

남자는 계란 한 판 위에
깨달음 한 판을 덤으로 주었다
나는 미소를 지었다
그도 환하게 웃었다

시장에 가서 때로
눈시울이 뜨거워지는 날이 있다
남이 좋아서 내가 좋아서
더불어 산다는 것이 너무 아름다워서

홀로 따뜻하게

경주시 내남면 논길 한쪽에
늙디 늙은 느티나무 한 그루 서 있다
한때는 마을의 절대적 존재로
숭배받던 당산목이었나 본데
수백 년을 지켜 온 동리 사람들
젊었기에 떠나고 명이 차서 떠나고
빈집들 하나씩 허물어지고 사라지니
지킬 것 없는 산야를 바라보며
저 또한 떠날 날만 기다리고 있다
장렬하게 싸우고 돌아온 호국 전사처럼
어느 한 군데 성한 구석이 없는 노거수
지난겨울 눈보라에 이젠 죽었을까 했는데
어디가 성하고 무슨 힘이 있어 물을 빨았던지
죽기는커녕, 올봄에도
파릇파릇한 새잎이 여기저기 움터 있다
아, 그렇구나
이젠 홀로 따뜻하게 살아야 하는 세상임을

저 늙은 나무도 진작 알아차렸구나

내 뜰의 동백

내 뜰의 동백나무는
붉은 귀걸이 붉은 목걸이 루비 브로치 같은,
어쩌면 요동치는 붉은 심장 같은,
매혹적인 꽃송이를 가지마다 빽빽이 달고
화무십일홍에 저항했다
백일 밤낮 긴 꽃 향연을 벌였다

하루에 수십 송이가
한꺼번에 꽃망울을 터뜨릴 때
내 뜰은 환했고 나는 행복했다
한 열흘은 도도하게 한 열흘은 겸손한 척
흐린 날도 참 빛났던 내 뜰의 동백

먼저 피었다고 먼저 지는 것도 아니고
흠 없이 예쁘고 완벽해도
더 높거나 눈길 더 많은 곳에서
다시 한번 피는 것도 아니고

주어진 생 붉디붉게 태우고
겨울 장대비에 뚝뚝 목 잘려 널브러진
내 뜰의 동백

핏빛 망울 맺히던 순간부터
아꼈던 이 가슴이야 어떻든
찬 땅에 머무는 젖은 주검의 한 열흘도
붉디붉게 웃고 있는 내 뜰의 동백

사원에서

공허한 곳에서 부는 바람이
더 거칠다
마당 가운데 활짝 핀 수국
광대춤을 춘다

사원에 앉아 우두커니
수국을 바라본다
그렇지 바람이 불 때는 흔들려야
꽃이지

내 안에도 튼튼한 사원이 있고
사원에는 공허한 마당이 있고
바람 불면 흔들려서 예쁜
수국 핀 화단이 있지

강변에서

일없이 나와 강변을 걷는다
잡목 잡초 무성한 샛길을
바람이 바람을 걷어차며 앞서간다

강물이 요동친다
잔가지 낙엽들 떠내려가고
살아 매달린 것들의 발버둥이
요란하다
자연이 사람 사는 흉내를 낸다

꽃밭 속의 잡초가 밉더니
잡초 무성한 곳에 반듯이 자란
나리꽃은 안쓰럽다
사람들 사이에서 분별 당해 아팠던 내가
꽃과 풀을 분별한다
꽃과 풀이야 그렇다손 치고
그 아픔 내가 입힌 이들에 대해서는?

사는 게 그렇지 뭐,

삶이 어디

사랑만 주거니 받거니 하라던가?

쉽게 잊은 아픔

쉽게 나를 용서한다

홀로 걷는 길에서

툭 튀어나온

지극히 인간적인 나의 본성에

즐비한 주검을 휩쓸던 강바람도

비껴간다

삼강 나루

물소리 바람소리
사공들의 뱃노래
끊이지 않던 그 시절
다시 오지 않건만

하룻밤 정을 주고
먼 길 떠난 유생
넋 놓고 기다리는
애기 기생처럼

긴 세월 흘러도
변치 않는 수정 담수
넋 잃고 바라보는
텅 빈 황포돛배

상생의 바다

우울한 기분으로
바다에 가면
바다도 말이 없다

방죽에 앉아
내 속 감춰진 눈물 찍어
그의 입을 그려 주면
그제야 바다는
거칠게 거칠게 몸 던져 가며

벗어날 수 없는 생의 굴레
안고 사는 고통을
쉴 새 없이 토해 낸다

내가 두 팔을 뻗으면
바다는 억센 포말로
와락 내 손을 잡는다

희망이 방전될 때

바다만 한 충전소가 없다

벅찬 힘의 전이

바다와 정 나누면

세상살이가 가벼워진다

벨벳 거미의 집

가로등 아래 벨벳 거미가 집을 짓는다.

빛을 받아 반지르르 윤기가 흐른다.

환한 곳에서도 떳떳하게, 배 아래에서 짜낸 액상의 실타래로

출렁출렁 비밀이 없는 집을 짓는다

볼록한 배를 보아 몸 풀려는 암컷인가 보다.

촘촘한 가운데는 산실이 되겠지

혼자인 걸 보아 수놈을 먹어 치우는 첫 순서를 끝낸 것 같다

곧 날벌레들이 숱하게 들붙어 불귀의 몸이 될 텐데

푸짐한 상을 비운 힘으로 대량의 알을 낳겠지

그들 생사가 그렇듯 정성스레 깐 알들을 고치로 잘 감싸준 후

스스로 지은 집에서 숨을 거둘 테지

어느 날 수백 마리 새끼들이 죽은 어미 옆에서 일시에 부화하고

죽은 어미에게 우르르 달려들 것이다

스스로 먹이를 찾을 힘이 생길 때까지 바싹 마른 어미의

몸을

야금야금 정신없이 먹어치울 것이다

어미가 그 어미의 죽은 몸을 그랬듯이

새로 생긴 거미의 집에 벨벳 거미의 일생이 흔들린다

낙조를 보며

일몰의
붉은 끝자락 사라진
공허한 자리에서
읽는다
'참 잘 살다 간다.'

'참 잘 살다 간다.'
미리 써 본
지상의 마지막 인사
이보다 더 나은 말을
모르겠네

천태산 은행나무

나의 자리에서 향기를 말하지 마라
만추의 땅바닥을 노랗게 물들이는
저 절규를 적시는 것이 빗물이라 믿는가?

내 몸 터진 구석마다
옹이처럼 맺혀 떠나는 이 분신들은
모르리
석양마저 숨이 턱 막히는
최후의 악취가 품은 뜻을

삶이 힘들다고 허리 굽히지 마라
향기 나는 몸이라고
다 참된 것만은 아니려니

2부

그리움, 그리고 몽환

봄의 창가에서

햇살 고운 공원에
깃털 반짝이는 텃새 몇 쌍
머리를 맞대고 모이를 쪼고
창가에 앉은 여자 사람
추억을 쪼아 알갱이를 먹고 있다

쓴 것 단 것 가림 없이 소화하며
생기발랄했을 때
삶은 고되고 고된 되새김마저도
감칠맛이었는데
그 젊디젊던 날에는 말이지

사람이 늙는다고
따라 늙는 기억은 없나 보다
따스한 봄볕에
주렁주렁 상(想)들이 달린다
푸짐한 잔칫상이 반짝반짝 빛난다

손 내밀면 사라지는 나는
내가 아닌데
기억의 파노라마 속
뒤 달음질치며 점점 어려지는
무수한 내가 이쁘다

노는 것이 즐거운 봄이다
홀로 아프고
스스로 치유하는
멋진 봄이다

목련이 피는 동안

고혹적인
민무늬 백자 잔에 감로 한 입 머금고
백일몽에 빠졌네
만 첩 기억들이
아지랑이 피듯 너울너울
되살아나고

나는
있음과 없음으로 갈라진 인연들과
하얀 손 내밀며 학춤을 추네
아, 그대여! 이 느낌 얼마 만인가!
꽃부리 밀선에 긴 입을 꽂는 벌꿀처럼
사랑의 향이
가슴을 파고드네

이 눈부신 날
톡톡 터지는 꽃봉오리의 여린 솔기처럼

못 견뎌 나도 터지고 말았네

뜨거운 마음이 행복이네
쌓인 그리움이 재산이네
목련이 피는 동안

수미산

왕대로 엮은
뗏목에 몸 싣고
댓잎 부채로 설렁설렁 바람 저어
수미산으로 가 볼까

높을수록 좋고
그곳에 지복이 있다며
고지를 향해 우르르 오르는
경사진 길만 길인가

고요한 물에 비치는
일엽편주에 등을 붙이고
느릿느릿 허공을 부채질하여
수미산으로 가 볼까

쓸쓸한 집

콩알만 한 몸통으로
매미처럼 울 수 있는 귀뚜라미의 울대에
내 심장이 놀랐다
단 몇 날도 아니고
밤이면 밤마다 악다구니처럼 울어도
멀쩡한 울대

가을 가고
하늘연달 다 기울어도
지칠 줄 모르는 명품 절규에
뼈에 새겨진 내 상처가 꿈틀댄다
나를 성숙시킨
아름답고 빛나는 상처들이
공명한다

고작 몇 날 울고는
목청에 탈이 나고 심장약까지 먹으며

버텨 냈던 내 청춘의 아픔들도

어쩌면 명품 울대를 만들었지

그리하여 이 쓸쓸한 집에

고운 울음 끊이지 않는 것이지

항구에서

석양에 이끌려 항구에 왔다
허기진 갈매기 떼가 나를 반긴다
멈출 줄 모르는 저 날개짓
난 가진 것이 없는데

허공에서 툭 떨어지는 바닷새를 본 적 있다
펄떡거리는 고기를 물고 힘차게 비상하다
금세 주검 되어 물 위를 둥둥 떠다니는 것을 본 후
존재에 대해 깊이 생각지 않기로 했다

바람이 거세지고
하늘은 인디고로 멍들어 가고
뱃마루 깃발의 억센 몸부림이 점점
드세진다

깜깜하여도
핏줄 같은 뱃길이 어둠에 꽉 막혀도

항구를 떠난 것은 모두 항구로 돌아온다

그때 죽은 새처럼
육신의 유효기간이 끝나면 어떤 일이 생길까
상상한다
알 수 없는 이들이 서성이는 선창
미지의 항구가 그려진다

항구의 밥상은
시한부 생의 마지막 밥상 같은
극한 이별의 맛이 난다
밥보다 더 많은 번뇌를 푸는 숟가락에
식은땀이 느껴진다

멀리 환한 불 밝히고
거대한 크루즈가 들어온다
돌아오는 것들을 향해 두 팔을 벌린다
단 한 번도 뜨겁게 품어 준 기억이 없는
내 젊은 날도 저 배처럼
출발했던 곳으로 돌아올 수 있다면

쓸쓸한 밤의 선창에서

가고 오지 않는 많은 것들을

불러 본다

두메 친구

하늘 아래 첫 두메에
통나무집 한 채 짓고 홀로 사는
벗 하나 있었으면

뜬금없이 불현듯 나타나도
너의 쉼터라며
엄마의 품 같은 아늑한 달방 하나
내 것인 양 선뜻 내어 주는

산채비빔밥에 화차 잔을 나누며
굽이굽이 살아온 날들
굽이굽이 살아야 할 날들
두 뭉치 이야기 타래 술술 풀 때

호야불도 가만히 귀 기울이는
고요한 그 산방의 밤은
어떤 욕망도 어떤 추함도

끼어들 수 없으리

하늘 아래 첫 두메에
통나무집 짓고 호젓이 홀로 사는
벗 하나 있었으면

동백꽃 엄마

진 꽃은 핀 꽃을 보고
핀 꽃은 진 꽃을 본다

진 꽃도 예쁘고
핀 꽃도 예쁘다

함께 꽃피웠던 날들 가고
딴 세상의 서로를 보네

눈부셔라 울 엄마
하늘에 핀 동백꽃

봄

잊지 못한
옛사랑의 체온 담은
가방 하나 어깨에 메고
문밖에
봄이 왔다

오늘은 낙타를 타고

오늘은 낙타를 타고
하늘로 가련다
우체부가 되어 당신께 가련다

꽃 지고
낙엽 묻힌 자리
푹푹 쌓였던 설산이 녹아 봄이 오고
새 강이 흐르고
물길 따라 추억이 돌아온다는

세찬 빗줄기 창을 때리면
당신도 우는가 하여 내 몸에
강이 흐른다는

꾹꾹 눌러 묶은
불멸의 사랑
이승 이야기 가득 담은 자루

54

걸쳐 얹은 낙타를 타고
오늘은 하늘로 가련다

무한 허공에도 길이 있어
당신께 이르는 길 무수히 열려 있어
이 가슴 헤매지 않으리

무게에 부대껴 다리가 휘청대고
굵은 힘줄 불끈불끈 힘에 부쳐도
날 두고 돌아서지 않는 낙타를 타고
오늘은 당신께 가련다

밤 깊은 하늘 어디쯤 우리가 쉬는 동안
뿌리 깊은 별을 뽑아 낙타에게 걸어 주고
내 감각 숨 쉬는 곳마다 빛을 심으리

아, 그리워 찾아간 당신 집에 이르면
별꽃이 부시고 부신 낙타와 나를 보고
당신이 기쁘리라

당신의 하늘에서 나는 희망을 보고

불변한 사랑 꾹꾹 눌러 낙타에 싣고

해를 따라 돌아오리라

강에서 몽상을 즐기다

그때쯤 나는 강물에 반짝이는 햇살과 뒹굴고 섞이다 바다를 만날 것이다

해 밝은 낮에 가볍게 가볍게 바다를 떠다니다 아주 먼 옛날 내가 어서 열 살이 되기를 바라며 접어 띄운 종이배를 만날 것이다

종이배의 옆구리에 끼워 둔 투명한 채송화 꽃잎 한 장과 풀 반지가 그대로 있어 환하게 웃을 것이다

그러다 문득 나와 닿지 않는 그것은 내가 보고 싶을 때마다 나타나는 허상임을 알고 좀 실망할 것이다

옛 풀밭에 남긴 친구들의 함성에 어떤 춤곡보다 흥겹게 춤을 출 것이다

듣고 싶은 모든 것이 들리고 보고 싶은 모든 것이 보여 마냥 행복하고 황홀하다가도 불현듯 내게는 내밀 손이 없고 품을 가슴이 없고 뜨거운 심장이 없음을 아쉬워할 것이다

나는 둥둥 떠다니고 훨훨 날아다니다 먼 옛날 내가 누렸던 아름다운 육신의 시절을 못내 그리워할 것이다

아파서 울고 좋아서 웃고 병들어 늙어 가며 죽음을 슬퍼
했던 기억들을 그리워할 것이다

차라리 그때가 좋았다며 사무치는 그리움에 병든 나는
동작을 멈추고 너무 우울하여 어둠의 성을 쌓을 것이다

나는 도무지 죽지 않고 바라는 것 다 가지고 원하는 곳
다 가는 하루하루가 너무 권태롭고 힘들어 어느 권력자
에게 빌 것이다, 세상에서 가장 못난 사람이 되어도 좋으
니 나의 영생을 이제는 토막 쳐 달라고

그때쯤 이승은 따뜻한 봄날이고, 푸르른 하늘이 밝고 환
하고, 미움이 없었으면 좋겠다

강바람처럼 산들산들 사랑이 흐르는 세상이면 좋겠다

아마도 굽이굽이 몇만 년 세월이 흘러 있겠지

다시 괴로운 육신에 갇혀 짧디짧은 삶이 고해의 한가운
데에 떨어져도 그토록 사무쳤던 현상의 세계에 다시 와
서 나는 참으로 행복할 것이다

가을 남자

행복하여라
저 남자

붉은 물 깊이 든
고추잠자리
활짝 벌린 두 날개의 허전함이
아파,
뚝, 떨어질 듯 물기 머금은 두 눈망울에
마음이 젖어,

산이
모든 것을 다 벗는다 말하는
저 남자
행복하여라

인생 자개공

피할 것은 후회나 절망
취하는 건 열정
이도 저도 아닌 권태는
사절

어제와 다른
맞갖은 하루 만들기
상처, 두려워 말기
아픔, 반갑게 맞기

세월도 약이 될 수 없는
상흔에 빛 입히기
흠집난 시간
오색으로 봉합하기

완성이란
처음부터 없음을

미리 알기

체로키 여인

그대 향한 나의 열정은
검독수리의 타오르는 눈매를 닮은
불굴의 야성은
내 안에 흐르는 체로키 여인의
핏줄에서 스미나 보다

어쩌면 먼먼 옛날
별빛 쏟아지는 어느 험준한 협곡에서
그대를 처음 만났고
검독수리의 날개마저 꺾는 삭풍 속에서도
사랑의 일월을 굽던
우리는 한 쌍의 예쁜 연인이었나 보다

그대와 나는
죽어도 잊지 못할 사랑을
바람의 전설로 남기며 이별했고
천년 세월이 지나 이승에서 다시 만나

또다시 서로를 놓지 못하는

운명을 답습하나 보다

시절인연

사랑아
겨울이 오는데 어떡하지?
말라 가는 강을 바라보는
하늘의 슬픈 눈

해는 식어 가도
우리는 변치 말자!
여름 내내 뜨거웠던
숲과 산도 변했다

나무는 잎을 버렸고
잎은 숲을 믿지 않으며
세상 전부가 시절 따라
변해도

복 되어라
기다리면 다시 오는

사랑은

홍매화

머물기 위해 핀 것이 아님을
뽐내기 위해 향기로운 것이
아님을

홀연히 생(生)하여
거침없이 몰(沒)하는
당당한 위풍

봄의 첫머리
꽃 중에 으뜸 꽃
삶이여, 홍매화만 같아라

마음

날이 좋든

비바람이 휘몰아치든

울타리가 싫단다

벽이 싫고 지붕이 싫단다

정처 없이

동으로 남으로 꺾고 멈추고

또 꺾어 북으로

다시 동으로

직선이든 사선이든

원이든 반원이든

막힘만 없다면 그만이란다

순한 건지 무른 건지

강한 건지 독한 건지

옳은 건지 그른 건지

이 광란하는 세상에서
자유하고 평정함은
삐딱함인가
초연인가

내 몸을 터 삼아
무적 천지 돌아다니는
나인 듯 나 아닌 듯
알 수 없는 존재
마음 하나

허무한 잔치

나를 끌고
내가 원치 않는 길을 간다
뒤따라오는
컬러 블루

위선은 즐겁지
텅 빈 껍데기가 초라해
그 미친 짓을
내가 어떻게 했더라?

말하지 말아야지
뭔가
나를 끌고
내가 원치 않는 길을 간다

심장이 날 대변하며
터벅터벅 방을 빠져나간다

내 심장은
진실만을 증언할 텐데

슬프다
진심을 꺼낼 때는
아프고
눈물이 나던데

심장은 돌아올까?
그렇게 비정하지 않았으니
날 잊지 않겠지?
잊을까?

근원 없이 순환하는
피와 물
살점들이 뭉쳐 나를 끌고 가는
원치 않는 길

웃는다
컬러 블루

달

달은 내 눈에
잘생긴 벌집처럼 보인다
꿀이 가득 차 이내 넘칠 듯한

달은 내 눈에
누군가의 상처뿐인 가슴 같다
영광이 된 숱한 고통의 흔적

달은 가끔 내 눈에
한 남자의 빛나는 얼굴로 보인다
내 생에 가장 아름다운 인연

달은 가끔
부모님 살았을 적 그 마음 같다
내 삶도 달을 닮기를

3부

나에게 부침

마당에서

우두커니 서서
금 간 희망을 본다
사납고 민첩한
어둠을 본다

눈을 감는다
숨을 고른다
여백을 줍는다
여백을 쌓는다

나는 요새가 된다
나는 투사가 된다
내전(內戰)은 언제나
무승부가 좋다

우두커니 서서
지친 마음을 고른다

모정(母情)의 속성을 지닌

어둠 속 고요가 따스하다

철새

모질게 산다 해도
몇 날 며칠 쉬지 않고
고공 만 리 날갯짓하여
거처를 옮겨야만 살 수 있는
철새만 하랴

봄엔 번식하랴
가을엔 월동하랴
피나는 고행을 해마다 왕복해야 하는
철새만 하랴

망망대해 추락하지 않으려
연약한 몸속에
공기주머니 몇 개나 채우고
뼛속마저 비워야 먼 길 날 수 있는
철새만 하랴

여러 나라의 국경을
자유롭게 넘으며
도도히 보여 주는 군무의 장관
위압적인 대가족 공동체

놀라운 실존의 힘은
무리가 편히 날 수 있도록
선두를 차례대로 바꾸며
모진 맞바람과 온몸으로 싸우는

공동체 사랑이겠지
생명 사랑이겠지
당신과 나, 우리 사이에 이어진
이 끈끈한 사랑 같은 것이겠지

처마 끝에 빗물 떨어지고

이렇게 말할 수 있을까
오만 군데 때를 묻히고 돌아오는
잿빛 저녁처럼
산다는 것도 얼룩을 묻히는 일이라고
또한 삶이란
묵은 옹이에 갓난 옹이를 쌓는 일이라고

남들이야 뭐라든
오만 데에 때가 끼고
굳은살뿐인 삶이 자랑스러운 것은
내게는
사람으로 사는 일이 그렇게나
어렵더란 말이지

비가 내린다
아물지 않은 상처에서 흐르는
피처럼 눈물처럼

처마 끝에 빗물 떨어지고

내일을 위해 때를 씻는 늦은 저녁의

노랫소리도 경쾌하다

무제

삶이 귀한 것은
저 무정한 죽음 때문이지

인연도
끝이 있기에 아름다운 거지

이별 없는 세상에는
무엇이 아쉽고 무엇이 애달플까

죽음이 있기에
빛나는 이승이여!

사랑에 늘 애가 타는 건
언젠가 이 심장이 멎기 때문이지

물

흐르는 것이 물뿐이겠습니까
일월이 그러하고
일생이 그러하고

머물 수 없는 것이 물뿐이겠습니까
마음이 그러하고
인연이 그러하고

11월의 데스베드(Death bed)

배부른 연어 떼

폭포를 박차고 협곡을 거슬러

돌아온 유년의 강에서

사력을 다해 잉크처럼 알을 쏟아내고

기진해 죽는 11월이다

죽을힘으로 버텼으나

어쩔 수 없는 때가 왔음을 아는

갈잎들

저항 없이 칼바람을 맞고

대지의 밥이 되고

밑동 잘린 볏단들

서로 기대서서

쉴 새 없이 돌아가는 탈곡기에

한 단 또 한 단 알곡 털린 후

주검의 자리로 무차별 던져질 때

너희는 가도

자자손손 그 뿌리 이어지리니 행복하다는

명 다한 허수아비의 한 서린 넋두리

북풍한설이 모질게 휩쓸고 다니는

비정한 11월이다

시월이 오고 비 내리면

시월이 오고 비 내리면
또 집을 나서겠지
그물 같은 가슴이 허전해
젖은 낙엽길을 걷겠지
잎 하나에 얼굴 하나 그리며

내일은 누가 내 곁을 떠날까
마지막 뒷모습에 점점 익숙해지는
저문 생을 품고 어두워질 때까지
홀로 빗길 걷겠지
시월이 오고 비 내리면

집으로 가는 길

얼핏 본 마룻바닥에
개미 한 마리
제 몸 열 배는 족히 될 듯한
빵부스러기를 물고 힘차게
달리고 있다

뒤뚱거리다 넘어져 멈출지언정
입에 문 것은
결코 놓치지 않는 개미
그를 향한 내 시선의 응원

집으로 가는 길
저보다 훨씬 큰 아픔일 수 있지
빈 속이
빈 손이
몸의 열 배는 족히 느껴질 때
불현듯 엉뚱한 길이 보이기도 하지

내 찬사를 아는지

곁눈질하지 않고

빵부스러기 한 점 생명처럼 꽉 물고

집을 향해 달리는

행복한 개미

산에 가서

산이 생각나
홀연히 찾아간 후에야
알아차렸네
산이 그리워 온 것이 아니라
산이 먼저 나를 불렀음을

나무가 되고
나비도 되고
녹향 품은 바람 되어
우거진 실록 마음껏 흔들면
우수수 지는
내 안의 아픈 잎들

산이 생각나
홀연히 찾아가서
알아차렸네
병을 주는 세상에는

아픔을 없애 주는 자비의

산도 있음을

개미의 조난

달랑거리는 갈잎을 타며
용감하게 행진하다가
잎에 함께 물 위에 추락한
왕개미 몇 마리
앞에는 두물머리 보이고

이 길이
살 길인지 죽을 길인지
모르는 것이
개미들이 아는 전부

벗어날 수 없던
숨 가빴던 평생의 행군
그 구속의 끝이
추락사나 익사일 줄 알았다면
일찌감치 일탈이나 해 볼걸
떨어지는 순간 왕개미들은 후회했을까

그러나 겨울 잎새는

수초 사이 살얼음 위에 내렸고

왕개미들은 멀쩡했고

나는 내 망상이 쑥스러워

생각을 리셋했지

가을이 간다

낙엽 지는 자리에서
인연을 생각한다

찾아오고
떠나가고
엮을 것은 엮이고
풀릴 일은 풀리고
새긴 적 없는 희비의 기억들
지워지지 않는다

결국 생은 허망한 것
몸부림친들
눈보라가 덮치고
주검의 탑 쌓이는 곳에서
살아남을 것들은
상처가 아물고

인연 따라 흐르는 삶

인연 따라 익는 나

낙엽 지는 자리에서

마음을 빚는다

마른 것들 흩어지고

가을이 간다

뫼비우스의 띠

삶의 끝에는
태고부터 승리의 백기 흔들며
나를 기다리는
무엇이 있으리라 믿었는데

좌충우돌 휘청거리며 살아도
어느 지점에 이르면
크게 문 열리는
무엇이 있으리라 믿었는데

출구도 입구도 없는 바퀴
뜻이 있어도 멈출 수 없고
꿈도 희망도
비스듬히 미끄러지는

이 고리는 뭐지?
길은 열려 있는데

믿음이 서서히 닫히는

여기는 어디지?

송구영신

내가 이만큼 살았다는 말이
이만큼 내가 세상을 사랑했다는
뜻이라면 좋겠다

내가 이만큼 살았다는 말이
이만큼 내 십자가를 잘 지고 왔다는
뜻이 될 수도 있다면 좋겠다

새날의 기다림보다
지난날의 후회를 자위해야 한다면
이는 너무 슬픈 일

저문 한 해의 마지막 하루
회한이 젖은 필로
절망을 쓰는 일은 없기를

이 밤은 비

이 밤은 흠뻑 젖음
레테의 검은 강물 춤추는 거리에서
기억의 잔재
건지고 또 건지는

외롭고 두려워
먼 그대의 창 두드리네
후두두 후두두—
저 험한 씻김에 오늘은 무엇이 지워질까

어떤 기억이 비정하게 쓸려 갈까
떨려, 몸부림 같은 백서를 쓰는 밤
아, 몰랐구나
망각도 폭력임을

밀려드는 세월
쓸려 가는 기억

잠들면 열리는 꿈길에서
아침의 대지 밟으리니

평안하여라
나를 잊은 밤이여
빗물이여

선배

중국과 베트남의 여러 도시에서 중의(中醫)로 일하며, 자식 둘 뒷바라지하여 아름다운 도시 시드니에 정착시킨 후, 은퇴한 선배가 영월 한반도면에 새 보금자리를 만들었다

충견 3마리와 고양이 2마리와 함께 780여 평의 척박한 땅을 갈아 혼자만의 세상을 꾸미며 일 년을 보냈다. 몇 그루 유실수와 채소, 과일을 키워 결실을 내고, 가꾼 화단에서 꽃잎을 따 화차를 만들며 행복하단다. 막연한 행복이 아닌, 지금까지 쫓기듯 바삐 살며 느끼지 못한 완전한 행복이고, 그곳이 지상 마지막 거주지일 것이라고 말한다.

선배의 터에 멋지게 생긴 황장목 한 그루가 있는데, 그 나무를 반얀트리(banyan tree, 지혜와 생명의 나무)로 이름 짓고, '반리'라고 부르며 지극 정성으로 아낀다.
선배는 세상 하직하면 묻힐 자리를 반리 옆에 정하고 나

니, 하루하루가, 아니, 세상천지 그 보다 더 편안할 수가
없단다.

태어나 잘 살기 위해서
오랜 시간 공부를 하고
늘 누군가의 도움을 받았지

사는 동안
죽음을 기억하고
준비하며 묵상해야지

훌륭히 산 것과 훌륭히 죽는 것이
각각이더라
죽음의 경각에서
인격이 드러나더라

죽으면 죽으리라
가라면 떠나리라
의연하게 눈 감았던 사람들

내 삶의 큰 스승이었지

죽기 싫어
누구 나 좀 살려라
생떼 쓰다 눈 감은 사람들도
내게는 큰 스승이었지

나에게 부침

순간의 애증에 침묵하라
죽어도 이르지 못할
도처에 들리는 아우성에
침묵하라

지나온 길목에 글썽이는
눈물에 침묵하라
혼돈 가운데서 침묵하라

머리에서 심장으로
사지 말초로 이어지는 수천억의
신경과 혈관들이 고요하듯
고요 가운데서 요동하듯

침묵이 춤추는 동안
몸부림을 풀어헤쳐라
의식의 요원한 불꽃이여

정금 같은 자유에 이르는

길을 닦아라

꽃이 꿈이다

세밑에 가게들이 파격 세일을 했다
옷가게를 기웃거리다
나도 폭신폭신한 꽃무늬 실내화를 샀다
꽃무늬 속옷도 샀다

새해엔 뭘 할 거니?
새해엔 뭘 하고 싶니?
불쑥 이런 같은 질문을 던지는
컴퓨터가 황당하다

희망이 많으면 마음이 무겁지
일이 많으면 몸이 고달프지
내 중얼거림도 황당하다

난들 왜 생각이 없을까
새해에는 자주 꽃을 사야지
들길 걷다가 예쁜 꽃이 보이면

딱 한 줌 꺾어 자신에게 바쳐야지
열심히 달려왔으니까

꽃무늬 실내화를 신고 걷는다고
발등이 꽃잎에 푹푹 잠기진 않겠지만
앙증맞은 잔꽃 무늬 속옷에서
내 내면의 향기 피어나진 않겠지만

꽃이 꿈이다
꽃 같던 청춘은 갔어도
꽃 피는 삶은 끝나지 않았다
새해에는 나도 한번 꽃피어 보자

4부

패랭이꽃 백서

테라스의 달팽이

테라스에 앉아 멍하니
달팽이를 본다
벌거벗은 연한 몸이 한더위를 뚫으며
향한 곳이 어딜까

온몸에 힘주어
느릿느릿 전신을 조이고 풀며
한 번씩 움직일 때마다
손톱만큼 전진하는 달팽이

등이 마르고
주변에 물 한 방울 없는데
거친 바닥 비비며
정신없이 기고 있다

돌아오면
흔적 없이 사라질 수도 있는

빈집을 남기고 가는 저 길은
얼마나 멀까?

목적지를 안다면
살포시 들어 원하는 곳에
내려주련만

내 몸이 꿈틀거린다
천 리면 어떻고 만 리면 어떠랴
모든 것 다 내려놓고
나도 훌쩍 달팽이처럼 알몸으로 떠나

그대 가까이 닿고 싶다
그대 가까이 머물고 싶다

내게는 하늘뿐이네

왜 사는가를
묻지 않는 한 사람으로
숨길 수 없는 것은
많이 웃었고
웃음보다 훨씬 적게 울어서
좋았다고 믿는
그럭저럭 살아온 세월

누가 알랴
이리저리 치이다 비애가 쌓이면
애먼 사람 멍들까
날 잡아 조용한 곳 찾아
하늘에 퍼부었던 비밀 아닌
비밀을

고개 빳빳이 들고
펑펑 설움 쏟고 나면

되살아났던 새살 새 힘
그것으로 만족했네
자랑은 아니지만 잘한 일이었지

내게는 하늘밖에 없었네
내게는 하늘밖에 없네
내게는 하늘밖에 없을 것이네

연륜이 멈춘 자리에서
희비애락의 일생이 고마웠다고
내 진심 건넬 곳
하늘뿐이네

북촌의 밤

달은 초저녁부터 나만을 바라보고
별빛 살포시 밤의 품에 안깁니다

어둠 속에 추자는 알알이 속을 배고
풀잎마다 맺히는 밤이슬이 오집니다

붉은 해 머물고 간 낙엽 자리 따스한데
올 듯 말 듯 소식 없는 내 님이여

바람결에 들리는 북촌의 풍경 소리
먼 길 달려온 님이라 믿었건만

밤벌레 목멘 울음 애간장만 태우고
달 기운 자리에 별만 가득합니다

수양벗나무

상강의 첫서리 농익은 홍엽에
이슬로 맺혔다
그대 입술에 구르는 유리꽃
내 심장이 멎네

금낭화

기다리는 마음
사무쳐
두 동강 난 심장 아래
하얗게
핏물 맺혀
대롱
대롱

하늘이 열리고
멀리
나팔 소리 울려 퍼질 때
그대 춤추고
나
꽃등에
불 밝히리

달빛 동요

내 마음 살그머니
눈썹달에 걸었더니
밝아도 아주 밝은
둥근달 되었고요

당신 깃든 요즘의
내 작은 마음자리
그믐도 대낮인 양
눈부시게 예쁩니다

홍엽

이 나이에
단풍 못 본 이 있으랴마는
남실바람에 팔랑팔랑
흔들리다 뚝, 떨어진 홍엽 한 장
당신께 보냅니다

꽃이든 잎이든
진 것은 다시 피고
핀 것은 지겠지만
한 번 진 꽃 다시 핀 적 없고
이 낙엽도 돌아올 리 없지요

때가 되면
나도 낙엽 지듯 갈 것이고
당신 또한 그렇겠지요
전생도 없었고 내생에도 없을
우리 사랑 역시 그럴 테지요

여느 가을과 다를 바 없고

붉디붉은 이 한 잎도 특별하지 않지만

나누려는 내 마음

당신과 통하기를

봄길에서

봄길 감고 도는
수수꽃다리 짙은 향
나와 하늘을 묶는다

사랑하라, 사랑하라
내 살갗 두드리는
나른한 봄볕

고운 해에 끌려
봄길 가운데서
하늘과 사랑에 빠졌다

에스프레소

지울수록 선명해지는
덮을수록 향기를 뿜는
그 기억에
흠뻑 젖었다 깨어 보면
어느 낯선 모퉁이를 서성이는
내 목마름

떨칠 수 없는
깔끔한 맛의 미련
어디서든 날 반기고
시절 없이 날 흔드는
그대, 때론 독해도
쉬이 돌아설 수 없지

어떤 이해

삶을 이해하는 일이란
높은 재능이고
하늘의 뜻은 깊고 어렵다고
믿었지

해를 등지고 밤 한번 지샜는데
밝음 잡고 어둠이 오고
어둠 따라 밝음이 오고

해가 때를 만들고
때가 해를 따르더라

눈부신 대낮에
눈 밝아 무엇하리
해가 때를 만들고
나는 해를 따르고

패랭이꽃 백서

임이시여

이 몸은 별입니다

높고 넓고 화려한 곳

원치 않고

우러러 당신만을 바라보려

거친 땅을 택한

작은 별입니다

사랑이시여

당신 손길 기다리다

시들고

밟히고 뭉개져 흙에 묻힌 들

이 몸 복될지니

당신 만날 여정의 시작임을

알기 때문입니다

무거웠던 육의 시간 벗어나

영이 빛날 때

나는 알 것입니다.

당신과의 일치

생의 의미에

나 비로소 닿았음을

사랑초 연서

푸르른 강 언덕에

사랑초 피어나 샛바람과 섞이는데

우리도 한번 만나야지요

일몰에 부쳐 보내면

돌아오고

보내면 또 돌아오는

내 수줍은 연모

한 번은 활짝 피우고도 싶어요

날은 포근하고

사랑초 하늘하늘 들녘을 수놓는데

짧은 봄

봄 같은 우리 생

햇살 좋고 즐거운 날

우리도 한번 생시에서

만나요

* 해설

코로나19 팬데믹의 한계상황 인식과
실존적 삶의 초월적 승화

한 성 우

(시인·문학평론가·문학박사)

1. 프롤로그

필자에게 류시경 시인과 그의 시는 낯설지 않다. 시인의 두 번째 시집인,『그 샛강에 가면 지금은』의 해설을 썼던 기억이 있기 때문이다. 그런 연유로 해서 류시경 시인의 다섯 번째 시집인『패랭이꽃 백서』의 원고를 반가움과 더불어, 시집 발간을 축하하는 마음으로 받았다. 특히 전 세계적인 코로나19 팬데믹 상황에서 다섯 번째 시집을 발간하는 시인의 열정과 용기에 격려와 찬사를 보내고 싶다.

류시경 시인이 다섯 번째 시집으로 발간하는 『패랭이 꽃 백서』에는 총 63편의 시가, 1부 「그곳에서」, 2부 「그리움, 그리고 몽환」, 3부 「나에게 부침」, 4부 「패랭이꽃 백서」 등으로 분류되어 한데 묶어져 있다. 시집을 조망컨대 분류된 각부의 시작품들에는 다소 내용적·방법적 편차가 있지만, 전반적으로 시인 자신의 일상적 혹은 실존적 삶의 체험과 신비하고 몽환적인 초월성을 산문적이고 평범한 시어, 그리고 막힘없는 시적 구조와 수사를 통해 진솔하게 표현하고 있다. 즉, 고도高度한 기교와 방법을 통해 난해하고 모호한 의미와 정서를 미적美的으로 드러내기보다는, 시인 자신이 경험했던 상처 받고 왜곡된 삶의 현실에 대한 감정과 생각을, 소박한 어법과 문체를 통해서 원음 그대로 전달하고 있다.

　이러한 시적 특징은 무엇보다도 현재 진행 중인 전 세계적인 미증유의 코로나19 팬데믹 상황과 필연적으로 관련되어 나타난 것으로 보인다. 류시경 시인 자신이 이러한 사실을 이 시집의 첫머리에 실려 있는 「시인의 말」에서 고백하고 있기 때문이다.

"코로나가 세상을 발칵 뒤집은 지 어언 3년이 되었습니다. 상상을 초월하는 감염자 수와 죽음의 통계를 확인하면서 세상에 존재하는 모든 종류의 어둔 감정을 맛본 듯합니다. 어느 때보다 삶과 죽음에 대해서 자주 묵상하였습니다. 삶에서 수용과 순응의 폭이 커졌고, 죽음은 공포보다 초연함으로 태도가 더 기울어진 것 같습니다.

오늘도 생과 사에 대한 감정을 양어깨에 하나씩 걸치고 묵상합니다. 설령, 한 시간 후에 편도의 먼 길 떠난다 할지라도, 뒷자리가 깔끔하도록 그날그날 주변을 정리하는 습성도 생겼습니다.

세계에서 가장 긴 코로나 봉쇄 기간을 기록한 멜버른에 사는 덕에 그간 써 둔 시를 모아 봤습니다. 불확실한 매일이 거칠고 힘들어도 잘 이겨 내고, 모두가 마음만은 늘 따뜻했으면 좋겠습니다."

시인은 지금 자기 주변에서 매일 폭증하는 코로나19 감염 환자와 사망자를 목격하면서 극심한 정신적 충격을 받고 있다. 시인은 그 충격을 이제까지 살아오면서 경험하지 못했던 "모든 종류의 어둔 감정"이라고 말하고 있다. 한마디로 만물의 영장이라는 인간이 먼지보다도 작은 코로나19 바이러스에 의해 힘없이 쓰러져 가는 모습에 극심한 공포감과 절망감을 느끼고 있다. 화성 탐사선이 화성 표면에 도착하여 여러 가지 탐사활동을 벌이고, AI 기술과 생명공학이 급속도로 발전되어 인류문명의 혁명적인 변화를 일으키고 있는 이 시대에, 코로나19로부터 인간의 생명을 지킬 수 있는 구원의 손길은 그 어디에도 없는 것 같다. 안타까울 뿐인 시인은 지금 "삶과 죽음"에 대해 묵상할 뿐이다. 그나마 다행스러운 일은, 이러한 한계상황 속에서 시인이 그동안 미처 생각이 미치지 못했던 삶의 또 다른 부분을 수용하는가 하면, 죽음조차도 자연스럽게 받아들이는 관대한 태도를 보이기도 한다는 점이다. 최악의 경우 자신마저도 죽을 수 있다는 상상을 하며, 실제로 그럴 경우를 대비하여 "주변 정리"를 하기도 하는 모습이 더욱 그렇다. 그런데 더욱 끔찍한 일은 이러한 일들이 언제 끝날지 모른다는 사실이다. 코로나 팬데믹이 종식될 징조는커녕 오히려 '오미크론'이라는 새로운 변이 바이러스의 출현으로, 상황이 더욱 악화하고 있기 때문이다. 이러한 사실은 이제 곧 끝나겠지 생각하고 인내하며 기다리던 사람들을 더욱 깊은 절망과 분노에 빠뜨리고 있다. 온 세계는 희망과 생명의 빛이 사라져 가고 절망과 죽음의 그림자가 뒤덮어 가고 있다.

그러나 누구보다도 이러한 상황을 예리하게 감지하고 있는 류시경 시인은, 그것을 회피하거나 모른 척하지 않고 정면에서 받아들이고자 한다. 하지만, 시인으로서 실제 할 수 있는 일은 거의 없다. 과학자나 의사가 아닌 시인으로서, 그가 코로나19와의 싸움에서 이길 수 있는 강력한 무기는 오직 시뿐이다. 자기 자신은 물론, 시를 통해서 시시각각 생명의 위험과 공포를 느끼고 있는 사람들에게 위로와 소망을 주고자 할 뿐이다. 시인은 아무리 현실이 고통스럽고 원망스럽더라도 끝까지 인내하며 희망과 구원의 빛을 잃지 말자고 호소한다. 그러나 류시경 시인이 본격적으로 그러한 시적 작업을 시작하기에 앞서서, 먼저 자기 자신이 받은 심리적 충격과 혼란을 극복하는 것은 당연한 일이다. 그것은 시인이 자기 자신의 내·외면적 실상을 면밀하게 점검하고 확인하는 일로부터 시작하는 일이다. 실제로 시인의 그러한 모습이 시집에 그대로 반영되어 나타나고 있다.

2. 순수 서정에 드리운 어둠과 죽음의 이미지

　서정시를 비롯하여 모든 종류의 시에서 시의 근본적 특질은 정서와 감성이다. 감성으로 받아들이고 감성으로 표현하며 감성에 자극하여 독자를 감동시켜야 하기 때문이다. 영국의 낭만파 시인인 워즈워드가 시를 '힘찬 감정의 넘쳐 흐름'이라고 말한 것도 이를 두고 한 말일 것이다. 굳이 워즈워드의 예를 들지 않더라도 대부분의 시인은 시를 쓸 때 어떤 생각이나 의식으로부터 시적 모티브를 얻기보다는, 어떤 자극적인 정서적·감정적 경험을 통해서 시적 발상을 하게 되는 경우가 많다.

　그런데 심리학자에 따르면 인간의 정서적·감정적 경험의 본질은 신체적 변화의 지각으로부터 비롯된다고 한다. 즉, 시인이 어떤 사건이나 급격한 환경의 변화에 직면했을 때, 심장을 비롯한 여러 기관의 생리적 변화나 느낌을 지각작용을 통해 감지할 수 있게 된다는 것이다. 따라서 감각을 자극하는 충격적인 사건이나 상황, 삶의 외적 환경의 급격한 변화는 자연히 사람의 내면적 정서와 감정의 변화에도 영향을 끼치게 된다. 특히, 감수성이 강한 시인들은 그러한 정서적, 감정적 변화를 누구보다도 먼저 경험하게 되며, 그러한 변화는 시작품에 그대로 반영될 수밖에 없다. 따라서 현재 전 지구적으로 진행되고 있는 코로나19 팬데믹이 초래한 시대·사회적 환경의 급박한 변화는, 사람들의 내면적 정서와 감정에 충격적인 영향을 끼칠 수밖에 없다. 동시대를 살아가는 한 사람으로서, 또 누구보다는 이러한 변화에 민감한 감지력을 가지고 있는 시인으로서, 류시경 시인 역시 그러한 환경의 변화와 그에 따른 정서적, 감정적 변화를 고스란히 겪을 수밖에 없다. 실제로 그러한 모습은 류시경 시인의 다섯 번째 시집인 『패랭이꽃 백서』의 시작품에도 그대로 반영되어 나타나고 있다. 시작품에 나타나는 그러한 변화양상을 뚜렷하게 드러내기 위해 우선, 그러한 변화와 관련이 없어 보이는 순수 서정시를 우선 살펴보자.

> 고혹적인
> 민무늬 백자 잔에 감로 한 입 머금고
> 백일몽에 빠졌네
> 만 첩 기억들이
> 아지랑이 피듯 너울너울
> 되살아나고

나는
있음과 없음으로 갈라진 인연들과
하얀 손 내밀며 학춤을 추네
아! 그대여! 이 느낌 얼마 만인가!
꽃부리 밀선에 긴 입을 꽂는 벌꿀처럼
사랑의 향이
가슴을 파고드네

이 눈부신 날
톡톡 터지는 꽃봉우리의 여린 솔기처럼
못 견뎌 나도 터지고 말았네

뜨거운 마음이 행복이네
쌓인 그리움이 재산이네
목련이 피는 동안

-「목련이 피는 동안」 전문

　　"목련" 꽃을 매개로 하여 시인의 "사랑"과 "그리움"의
순수한 감정을 감각적으로 형상화한 아름다운 시작품이
다. 1연에서 시인은 활짝 핀 목련 꽃잎을 바라보며, 눈에
보일 듯 보이지 않게 피어오르는 "아지랑이" 같은 "백일
몽", 즉 환상 속에 빠져 있다. 더구나 환상 속에 빠져있는
시적 화자는 "백자 잔에 감로 한 잎"을 머금고 있어서 글
자 그대로 너무나도 "고혹적"이다. 이것은 목련 꽃잎 위

에 내려앉은 투명한 이슬의 은유적 표현으로, 화자인 시인의 지고지순한 마음의 함축적 표현이기도 하다. 그 이슬을 받아 한 잔의 술처럼 마신 시적 화자는 사람이라기보다는 속세를 떠나 있는 신선이라는 생각이 든다. 신선이기에 2연에서, 화자인 "나"는 물리적 시·공간을 초월한 환상 속에서, 속세에서 만나고 헤어졌던 수많은 "인연들"과 함께 인간사의 모든 속박에서 벗어나 자유롭게 "학춤"을 출 수 있는 것이다. 더욱이 그 "인연들" 중에서 꿈결인 듯 사랑하는 "그대"를 만나 "사랑"을 나눈다. 그런데 그 "사랑"은 세속적이고 일과성의 사랑이 아니고 순수하고 영원한 사랑이다. "꽃부리 밀선에 긴 입을 꽂는 벌꿀처럼" 깊고 신비로우며, 가슴을 뜨겁게 하는 향기로운 정신적인 사랑이다. 그렇게 환상의 날개를 펼치던 화자는 3연에서 다시 현실로 돌아오지만, 그의 마음은 이미 "꽃봉우리의 여린 솔기처럼" 활짝 피어나서, 단순한 육신적이고 유한적인 "그리움"을 넘어 영적이고 무한한 "마음의 행복"을 뜨겁게 경험하고 있다. 현실과 환상, 시간과 공간이 해체된 "목련이 피는 동안", 화자와 세계 사이에는 어떤 불화나 불완전함, 갈등과 대립도 없는 물아일체와 색즉시공 공즉시색의 상태에 시인은 존재하게

된다. 그리하여 한정적인 짧은 기간 동안 피어 있는 "목
련"이나 그 "목련"과 일치되어 있는 시적 화자는 완전무
결한 존재로 영원한 생명을 누릴 수 있게 된다.

> 시월이 오고 비 내리면
> 또 집을 나서겠지
> 그물 같은 가슴이 허전해
> 젖은 낙엽길을 걷겠지
> 잎 하나에 얼굴 하나 그리며
>
> 내일은 누가 내 곁을 떠날까
> 마지막 뒷모습에 점점 익숙해지는
> 저문 생을 품고 어두워질 때까지
> 홀로 빗길 걷겠지
> 시월이 오고 비 내리면
>
> ─「시월이 오고 비 내리면」 전문

인용 시의 시적 무드는 앞의 「목련이 피는 동안」과는
정반대로 차갑고 음산하고, 어둡고 침울하며, 그리고 불
안과 초조, 공허함과 죽음의 이미지로 가득 차 있다. 이
는 분명히 코로나19 팬데믹 상황에 직면하고 있는 시인
의 심리 상태를 말해 준다. 비 내리는 "시월"이나 "그물
같은 가슴" "젖은 낙엽길" "빗길" "마지막 뒷모습" 등의 사

물들은 시인의 그러한 감정을 이미지화시켜서 보여 주는 객관적 상관물이다. 특히, 2연 첫 행의 "내일은 누가 내 곁을 떠날까"라는 직설적인 시구는 시인이 얼마나 팬데믹 상황을 심각하게 받아들이고 있는지를 말해준다. 매일 코로나19에 감염되어 죽어 가는 사람들을 실제로 목격하면서, 시인은 충격을 넘어 정신적인 공황 상태에 빠져 있다. 절망감 속에 "어두워질 때까지" "홀로 빗길"을 걷는 시인의 모습이 바로 그것을 암시해 준다. 시인의 이러한 모습에서 우리는 인간의 존엄성과 생명의 고귀함, 삶의 가치나 희망을 발견할 수 없다. 순간순간 마주하는 삶의 공포와 생명의 위험, 고통과 분노, 인간의 무력함과 한계, 불확실성과 불안 등으로 쇠락해 가는 사람들의 모습뿐이다. 앞서 살펴본 「목련이 피는 동안」의 순수하고 아름다운 정서와 감정은 찾아볼 수 없고, 상처받고 왜곡된 정서와 감정뿐이다. 다음 인용 시는 시인의 이러한 모습이 더욱 극적으로 표현하고 있다.

> 배부른 연어 떼
> 폭포를 박차고 협곡을 거슬러
> 돌아온 유년의 강에서
> 사력을 다해 잉크처럼 알을 쏟아내고

기진해 죽는 11월이다.

죽을힘으로 버텼지만
어쩔 수 없는 때가 왔음을 아는
갈잎들
저항 없이 칼바람을 맞고
대지의 밥이 되고

밑동 잘린 볏단들
서로 기대서서
쉴 새 없이 돌아가는 탈곡기에
한 단 또 한 단 알곡 털린 후
주검의 자리로 무차별 던져질 때

너희는 가도
자자손손 그 뿌리 이어지리니 행복하다는
명 다한 허수아비의 한 서린 넋두리
북풍한설이 모질게 휩쓸고 다니는
비정한 11월이다

- 「11월의 데스베드(Death bed)」 전문

   "11월의 데스베드(Death bed)"라는 시의 제목에서
부터 나타난 절망과 죽음의 이미지는 시작품이 끝날 때
까지 이어지고 있다. 앞에서 살펴본 「시월이 오고 비 내
리면」이, "~면" "~겠지"라는 추측과 미래형 어조사를 사

용한 가상적 상황에서 쓰인 시라면, 「11월의 데스베드 (Deathbed)」는 "~이다" "~는" "~고" 등의 단정형과 현재형, 그리고 과정형 어조사를 통해 이미 완료되었거나 현재 진행 중인 상황에서 쓰인 시이다. 따라서, 「시월이 오고 비 내리면」의 시적 내용은 현실이라기보다는 상상 속에서 일어나고 있는 추상적인 일이기 때문에, 시인은 정서적으로 어느 정도 안정을 유지하며 나름의 대응 방법을 모색할 수 있는 여유가 있어 보인다.

그러나 「11월의 데스베드(Deathbed)」에서는, 시인의 상상 속에서 가정적인 일들이 현실화된 관계로 모든 것은 확정적이고 경험적인 사실이 되어 버렸다. 따라서 시인은 나름대로 최소한의 대응 수단조차 마련할 수 없는 급박한 상황에 처하게 된다. 그러니까 시인은 속수무책으로 코로나19 악몽의 한가운데 서 있는 것이다. 그래서 이제 막 풍성한 오곡백과 수확을 끝내고 추수감사절을 기다리는 "11월"은, 감사와 축복의 계절이 아니고 "죽음"의 그림자가 뒤덮은 "데스베드"의 계절이 된다. 1연에서 수많은 장애와 난관을 극복하고 "유년의 강"으로 힘겹게 거슬러 온 "연어 떼"의 죽는 모습이나, 2연에서 늦가을

"북풍한설"의 "칼바람을 맞고" 땅 위로 수직 낙하하는 "갈잎들"이 그러하며, 3연의 "알곡" 털린 볏단들이 마치 "주검"처럼 빈 들판에 내던져지는 모습이 그러하다. 정말로 비정하고 참혹한 계절이다. 「목련이 피는 동안」에서 보았던 자유로움과 사랑이 충만하고, 완전무결한 삶의 공간에서 영원한 생명력을 누렸던 시인의 모습이 아니다. 과연 이러한 한계상황에 처한 시인이 할 수 있는 일이란 무엇이란 말인가? 이어지는 다음 장은 바로 그 질문에 대한 해답의 모색이다.

3. 한계상황에 처한 실존적 자아 인식과 주체적 삶의 추구

혹독한 추위와 비바람 속에서도 자기만의 색깔로 아름답게 피어나는 꽃이나, 검은 구름을 뚫고 찬란한 햇살을 쏟아 내는 태양이나, 그리고 길고 어두운 터널 끝에 갑자기 마주치는 푸른 하늘은 얼마나 아름답고 신비로우며 위대하기까지 한가? 꽃이나 태양이나 하늘이 그렇게 보이는 것은 그것을 뒤덮고 있는 비정상적인 자연환경을 벗어나 그 자신만의 본래 색깔과 모양과 향기를 온전히 드러낼 수 있기 때문이다. 단지 객체적 사물에 불과한 자연이 이러할진대, 능동적이고 주체적인 사상과 감정을 가지고 있는 인간은 그에 비할 바가 아닐 것이다.

유한적인 속성을 가진 인간 역시 반자연적 환경이나, 더 나아가서 비정상적인 시대·사회적 환경으로부터 벗어나 변치 않는 영원한 본질을 추구하려는 보편적 특성을 가지고 있다. 그러나 그러한 보편적 본질은 구조주의 시대의 이성理性 중심주의와 객관적 합리성을 바탕으로 한 것으로, 오늘날과 같은 역동적인 시대와 사회에는 실존實存이 그러한 본질本質 개념을 대체한다고 할 수 있다. 이성에는 한계가 있기 때문에 인간이 세계를 객관적 전체로 받아들이는 것이 불가능하고, 또 세계 전체를 멀리 내다보는 것도 불가능하다. 특히, 지금과 같이 이성과 합리성의 적용이 불가능한 코로나19의 한계상황에서는 더욱 그러하다.

독일의 실존의 철학인 야스퍼스에 의하면, 한계상황

이란 '우리가 그 앞에 섰을 때 좌절할 수밖에 없는 벽 같은 것'이다. 한계상황의 구체적인 예는, 바로 코로나19 팬데믹 상황에서 우리가 지금 겪고 있는 고통과 죽음, 절망과 분노, 고뇌와 번민 등이다. 야스퍼스는 이런 넘어서기 힘든 벽(현실)을 마주했을 때, 인간은 이런 상황에서 도피하거나 자기 존재를 상실하게 된다고 역설했다. 반대로 인간은 그런 한계상황을 진지하게 받아들임으로써, 하나뿐이며 한 번뿐인 자신의 존재를 자각하게 된다. 인간의 그러한 모습은 실존적 존재로서의 류시경 시인의 시작품들에도 그대로 반영되어 나타나고 있다. 이러한 상황을 어떻게 받아들이고, 또 그 시적 대응은 어떠한 모습일까? 다음의 인용 시 작품을 통해 구체적으로 살펴보자.

삶의 끝에는
태고부터 승리의 백기를 흔들며
나를 기다리는
무엇이 있으리라 믿었는데

좌충우돌 휘청거리며 살아도
어느 지점에 이르면
크게 문 열리는
무엇이 있으리라 믿었는데

출구도 입구도 없는 바퀴
뜻이 있어도 멈출 수 없고
꿈도 희망도
비스듬히 미끄러지는

이 고리는 뭐지?
길은 열려 있는데
믿음이 서서히 닫히는
여기는 어디지?

-「뫼비우스의 띠」 전문

　　인용 시에서 류시경 시인은 절박한 삶과 죽음의 갈림
길에서, 한 사람의 순수한 시인이기 이전에 한 사람의 실
존적 존재가 된다. 급박하고 처절한 팬데믹 상황에서 삶
의 존재론적 의미에 대해서 절실하게 생각하기 시작했
기 때문이다. 자신의 삶을 찬찬히 되돌아보고 점검하면
서, 그것이 진정 자기가 바라던 삶의 모습이었던가 하는
질문을 스스로에게 던지고 있다. 시인의 그러한 모습은
시의 1~2연에 직설적으로 나타나고 있는데, 반복되는 "~
믿었는데"라는 완료형 종결어미에서 시인의 지나온 삶
에 대한 후회와 아쉬움의 마음을 읽을 수 있다. 나름대
로 "좌충우돌"하고 "휘청"거릴 정도로 온 힘을 다해 살아

왔지만, 끝내 자신이 간절히 추구해 온 인생의 "문"은 열리지 않았다. 시인은 인생이 아무리 자기 자신의 것이라 해도 자신의 의지와 뜻대로만 되는 것은 아니라는 사실을 깨닫는다. 시인은 그러한 사실을, 3~4연의 "뫼비우스의 띠"에 대한 묘사를 통해서 보여 주고 있다. 뫼비우스의 띠는 안과 밖의 구분이 없고 시작과 끝도 없다. 그래서 안으로 가다 보면 밖으로 나오고, 밖으로 가다 보면 안으로 들어온다. 이것은 곧 영원히 벗어날 수 없는 굴레라는 것을 뜻한다. 우리가 만일 상상의 세계에서 뫼비우스 띠의 원리로 만들어진 행성에 서 있다면, 우리는 영원히 거기서 탈출할 수 없다는 것을 의미한다.

류시경 시인은 바로 자신의 삶을 이러한 "뫼비우스의 띠"에 비유하면서, 어떤 방법으로도 여기를 벗어날 수 없는 상태에서 깊은 절망과 고통, 그리고 극심한 카오스에 빠져 있다. "이 고리는 뭐지?" "여기는 어디지?"라는 수사적 질문은 바로 시인의 그러한 모습이다. 하지만, 그러한 치열한 몸부림에도 불구하고, 시인에게는 끝내 "출구도 입구도" 보이지 않는다. 그러나 그러한 "뫼비우스의 띠"에도 꿈과 희망의 "길"은 "열려" 있기에, 시인은 "서서히 닫히는 믿음"의 한끝을 결코 놓을 수 없다.

　　　순간의 애증에 침묵하라
　　　죽어도 이르지 못할
　　　도처에 들리는 아우성에
　　　침묵하라

　　　지나온 길목에 글썽이는
　　　눈물에 침묵하라
　　　혼돈 가운데서 침묵하라

　　　머리에서 심장으로
　　　사지 말초로 이어지는 수천억의
　　　신경과 혈관들이 고요하듯
　　　고요 가운데서 요동하듯

　　　침묵이 춤추는 동안
　　　몸부림을 풀어헤쳐라
　　　의식의 요원한 불꽃이여
　　　정금 같은 자유에 이르는
　　　길을 닦아라

　　　　　　　　　　　　　-「나에게 부침」 전문

　　1~2연에는 "침묵하라"는 명령형 단어가 세 번이나 반
복되고 있다. 그것도 위엄 있는 남성적 화자話者의 톤으

로 비장하게 말하고 있다. 작품 밖의 시인은 여성이지만 작품 속 화자는 그와 반대로 남성적인 어조와 태도로 작품 밖에 있는 시인을 향해 침묵할 것을 강하게 명령하고 있다. 그런데 가상적 공간인 작품 속 화자와 현실 공간인 작품 밖의 시인이 분리된 두 사람이 아니고 일치된 한 사람이기 때문에, 결국 류시경 시인은 자기가 자신에게 스스로 명령을 내리고 있다고 볼 수 있다. "나에게 부침" 이란 시의 제목은 바로 그런 상황을 염두에 둔 것으로, 메시지의 발신자와 수신자가 동일한 사람이 되는 것이다. 이는 곧 시인 자신이 동시에 메시지의 청자와 화자가 되는 경우로, 반성적 독백의 한 형식이랄 수 있다. 이러한 독백을 하면서 시인은, 여전히 "뫼비우스 띠" 안에 갇혀서 때로는 "아우성"을 치고, 때로는 "혼돈" 속에 "눈물"을 글썽이고 있다. 시인이 이러한 모습의 자아를 스스로 직면하는 일은 차라리 영원히 숨기고 싶은 굴종이며 패배이다. 지나온 자신의 삶을 생각하면 할수록, 집착하면 할수록 마음의 상처는 더욱 깊어지고 고통스러워질 뿐이기 때문이다. 할 수만 있다면 "침묵"하자고, 아예 흔적도 없이 지워 버리자고 또 다른 자아에게 호소하고 있다. 그러나 그러한 침묵과 흔적 지우기가 삶의 포기와 죽음을 의미하는 것은 아니다. 한편으로 그것은 영원한 삶의 과제인 "뫼비우스 띠"의 굴레를 완전히 벗어나는 모티브가 될 수도 있기 때문이다. 3연의 비유적인 내용은 바로 그러한 모티브의 근거와 방법이다. 비록 우리 몸이 "고요"함 속에 수많은 장기와 수많은 "신경과 혈관들"을 유기적으로 작동시켜 생명력을 "요동"치게 하는 것처럼, 시인의 깊은 내면적 침묵은 새로운 정신적 에너지를 마음속에 풀어헤치는 "몸부림"의 역설적 행동이 될 수 있기 때문이다. 이제 시인은 통과의례처럼 이러한 "몸부림"을 통해서 코로나19 팬데믹 상황을 궁극적으로 벗어날 수 있는, "불꽃"처럼 뜨거운 "의식"의 세례를 받게 된다. 이제 정신적으로 부활한 시인은 "정금 같은 자유" 속에 진정한 삶에 이르는 "길", 즉 뫼비우스의 띠로부터의 영원한 탈출을 모색할 수 있게 된다. 이는 곧 시인이 정서 심리적으로 '코로나 블루스', 즉 생명에 대한 위협과 공포, 그로 인한 삶의 불안과 불확실성 등을 극복하고 실존적 존재로서의 자기를 확실하게 인식하여 주체적 자아로 설 수 있게 된 것을 의미한다.

앞의 시작품에서 드러나듯이 류시경 시인은, 야스퍼

스가 말한 바 넘어서기 힘든 벽(현실)을 마주했을 때 이러한 상황에서 도피하거나 자기 존재를 상실하기보다는, 반대로 그런 한계상황을 진지하게 받아들임으로써, 하나뿐이며 한 번뿐인 자신의 존재를 새롭게 자각하고 있다. 이제 시인은 자기가 처한 현실을 직시하며 이에 굴복하지 않고 한 걸음 한 걸음 나아가고 있다. 팬데믹 상황에 피동적, 소극적, 방어적으로 대응하기보다는, 삶의 구체적인 대목마다 자신이라는 '현 존재'의 의미를 물으며 스스로 삶을 창조해 가는 능동적, 주체적 존재가 되고자 한다.

실존적 존재로서의 인간은 반문명적이고 비인간적인 어떠한 환경에도 안주하거나 타협하지 않고, 자신의 삶과 운명을 스스로 만들어 가는 존재이기 때문이다. 다음 인용 시편들에는 이러한 시인의 새롭게 변화된 시 의식과 시적 태도가 그대로 반영되어 나타나고 있다.

삶이 귀한 것은
저 무정한 죽음 때문이지

인연도

끝이 있기에 아름다운 거지

이별 없는 세상에는
무엇이 아쉽고 무엇이 애달플까

죽음이 있기에
빛나는 이승이여!

사랑에 늘 애가 타는 건
언젠가 이 심장이 멎기 때문이지

-「무제」 전문

이 시집의 도처到處에서 만나게 되는 코로나19의 생명
에 대한 위협과 두려움, 또 실제로 그로 인한 죽음을 다
루는 시편들과 달리, 인용 시에서는 오히려 "죽음"을 미
화하며 찬양하고 있다. 시인은 1연에서 마지막 5연에 걸
쳐, "삶" "인연" "사랑"이 사람에게 고귀하고 아름다운 것
은, 전적으로 그 반대의 명제, 즉 "끝"과 "죽음"이 있기 때
문이라고 한다. 즉, 죽음은 끝이나 소멸이 아니라 시작
과 부활의 출발점이라는 것이다. 따라서 "죽음"은 사람
이 결코 두려워하고 회피해야 할 것이 아니고 자연스럽
고 긍정적인 마음으로 받아들여야 할 과제라는 것이다.

이러한 사실에서 우리는 류시경 시인이 죽음을 대하는
태도가 일방적인 공포나 배척이 아니라 긍정과 수용으
로 바뀌고 있음을 볼 수 있다. 그만큼 인간과 세계를 바
라보는 시인의 고정적이고 단편적인 관점이 유동적이고
포괄적인 관점으로 변화되고 있음을 볼 수 있다. 죽음도
본질적으로 유한적인 인간 삶의 전체적인 한 과정을 이
루는 필수적 요소라는 것이다. 좁게는 죽음에 대한 태도
와 넓게는 시인의 부정적·불연속적 인생관이 긍정적·연
속적인 인생관으로 변화하는 모습이다.

> 방죽에 앉아
> 내 속 감춰진 눈물 찍어
> 그의 입을 그려 주면
> 그제야 바다는
> 거칠게 거칠게 몸 던져 가며
>
> 벗어날 수 없는 생의 굴레
> 안고 사는 고통을
> 쉴 새 없이 토해 낸다
>
> 내가 두 팔을 뻗으면
> 바다는 억센 포말로
> 와락 내 손을 잡는다
>
>   -「상생의 바다」 일부

지금 시인은 해변에서 깊은 침묵에 잠긴 "바다"를 마주하고 있다. 파도 소리도 들리지 않고 바다 위 하늘을 휘저으며 날아다니는 갈매기 모습도 보이지 않는다. 마치 희망을 상실한 채 절망에 빠져 맥없이 앉아 있는 어떤 사람의 모습을 연상시킨다. 이런 "바다"의 무드를 감지한 시인은 그 바다와 진심 어린 마음으로 교감하기 시작한다. 즉, 감정이입을 통해서 자기 자신 역시 어떤 연유로 해서 "눈물"을 흘리고 슬퍼하며 고통스러워했던 과거의 기억을 바다와 소통한다. 그러자 놀랍게도 바다는 감전感電된 것처럼 "몸(바닷물)"이 파도처럼 움직이기 시작한다. 이제 파도는 쉴 새 없이 해변으로 밀려와 하얀 물보라로 부서진다. 마치 "생의 굴레" 속에서 가슴속에 켜켜이 쌓였던, 말할 수 없었던 "고통"과 슬픔을 토해 내듯이…… 실존적 존재로서의 시인은 그런 "바다"에 공감과 위로의 뜻을 담아 "두 팔"을 활짝 벌린다. 그러자 바다 역시 감동의 눈물인 듯 하얀 "포말"로 부서지며 시인의 품 안으로 "와락" 안겨든다. 시인과 바다는 한 몸이 되어 서로가 서로에게 위로가 되고 희망이 된다. 둘이 함께 생명을 나누고 한 몸으로 일어선다. 고통과 절망과 분노한 사람들의 상징인 "바다"와 시인이 함께 나누는 진정한 상생相生의 모습이다.

> 포구는 추했지
> 남과 북을 긋는 녹슨 철조망이 길을 막아
> 강물은 만질 수 없었고
> 단 하나라도 아름다운 것 있을까.
> 먼 수평까지 시선을 바삐 움직여 보았지만
> 저편 동포들의 슬픈 인생사로 끝내 불편했지
>
> 자유롭게 보일 뿐 자유가 아니고
> 기다림이 오직 죽음인 팔뚝만 한 숭어들의 물질이
> 혁명처럼 거칠었지
> 바닥에 납작 붙은 무위의 찰광어를 찍고
> 발길을 돌렸을 때
> 나는 속으로 바랐지

「전류리 포구의 기억」 2~3연

시인은 지금 오래된 기억 속에서, 한반도의 최북단에 위치한 "전류리 포구"를 향해서 "남자" 친구와 함께 비포장의 외길을 달려가고 있다. 어떤 특별한 목적이 있어서가 아니라, 맛있다고 소문난 "활어회"도 맛볼 겸 그냥 가벼운 마음으로 떠난 여행길이다. 그러나 시인의 그런 소박한 마음과 기대감은 인용 시의 2연에 들어오면서 갑자기 긴장감에 휩싸이게 된다. 그들이 한가로운 마음으로 도착한 그곳은 바다 멀리 수평선이 보이고 자그마한 어선과 갈매기 떼, 해변으로 밀려오는 푸른 파도가 펼쳐진 아름다운 포구가 아니었다. 알레고리로의 매개로 사용되고 있는 "남과 북" "녹슨 철조망" "저편 동포들" 등에서 "전류리 포구"는 38선으로 상징되는 한반도의 분단 현실을 고스란히 보여주고 있기 때문이다. 6.25 전쟁이 끝난 지 70여 년이 지났지만, 같은 땅 같은 민족은 38선을 가로지르는 "녹슨 철조망"을 사이에 두고, 냉전의 총구를 서로를 향해 겨누고 있다. 그러나 무엇보다도 시인의 마음을 사로잡은 것은 이러한 감상적 역사적·지리적 풍경보다는, 자유를 빼앗긴 채 억압과 고통 속에 살아가는 북한 "동포들"에 대한 연민이다. 시인의 이러한 모습에서 우리는 그의 따뜻한 인도주의적인 인간애를 느낄 수 있다.

그런데 이러한 시인의 동포애는 이어지는 다음 연에서 단순한 연민으로 끝나지 않는다. 철책선 넘어 북한 땅에는 총성만 들리지 않을 뿐, 어항 속의 "숭어들"처럼 지금도 철저한 감시와 통제 속에 있다. 시인은 자유를 박탈당하고, 죽음만을 기다리며 살아가는 북한 동포들이 안타깝고 답답할 뿐이다. 그러나 그들의 자유 회복과 핍박당하고 있는 삶의 회복을 위해서 자신이 실제로 할 수 있는 일은 아무것도 없다. 그 순간 시인은 자괴감 속에서 어항 속 "숭어들의 물질"을 바라보면서 다시 희망의 실마리를 발견한다. "숭어들" 역시 북한 동포들처럼 어항 속에 갇혀서 오직 횟감으로 사용될 "죽음"의 순간만을 기다리고 있지만, 결코 속박과 억압을 벗어나기 위한 힘찬 "물질"을 멈추지 않고 있다. 숭어들은 지금 "혁명"을 꿈꾸며, 또 그것을 실현시키기 위하여 유리 어항 속의 높고 단단한 벽을 무너뜨리거나 아니면 넘어서기 위한 힘찬 "물질"을 멈추지 않는다. 자유와 해방을 갈구하는 힘찬 생명력의 끊임없는 도전과 저항이다. 멀리 북녘땅을 바라보고 있는 시인의 눈에는 그러한 숭어들의 모습이 오버랩되어 나타난다. 그러한 시선은 곧 북한 동포들이 자신들이 처한 현실을 직시하고, 그 현실을 타개하고 자유와 해방, 민주주의와 인권을 찾기 위하여, "혁명"도 불사한 강력한 투쟁과 저항에 대한 묵시적 동의와 응원의 모습이다. 이는 곧 앞에서 야스퍼스가 말한 실존적 인간으로서 북한 동포들이, 능동적·주체적으로 자신의 삶을 창조해 가는 진정한 인간의 모습이랄 수 있다.

경주시 내남면 논길 한쪽에
늙디 늙은 느티나무 한 그루 서 있다
한때는 마을의 절대적 존재로
숭배받던 당산목이었나 본데
수백 년을 지켜 온 동리 사람들
젊었기에 떠나고 명이 차서 떠나고
빈집들 하나씩 허물어지고 사라지니
지킬 것 없는 산야를 바라보며
저 또한 떠날 날만 기다리고 있다
장렬하게 싸우고 돌아온 호국 전사처럼
어느 한 군데 성한 구석이 없는 노거수
지난겨울 눈보라에 이젠 죽었을까 했는데
어디가 성하고 무슨 힘이 있어 물을 빨았던지
죽기는커녕, 올봄에도
파릇파릇한 새잎이 여기저기 움터 있다
아, 그렇구나
이젠 홀로 따뜻하게 살아야 하는 세상임을
저 늙은 나무도 진작 알아차렸구나

-「홀로 따뜻하게」 전문

인용 시의 1~5행에서 그려지고 있는 시골 마을의 모습은 조상 대대로부터 우리 마음속 깊이 새겨져 있는 한국인의 원형原型이다. 비록 시의 첫 행에는 "경주시 내남면"이라고 특정되어 있지만, 우리나라 대부분의 농촌 지역에는 마을 입구에 "당산목"이라고 불리는 우람하고 늙은 나무 한 그루가 서 있다. 다사다난한 세월의 부침 속에, 변화무쌍한 인간사를 지켜보면서, "당산목"은 흔들림 없이 "동리 사람들"의 수호신 역할을 해 왔다. 사람들에게 이러한 "당산목"은 단순히 객체적인 사물에 불과한 한 그루의 나무가 아니고, 그들의 생사화복을 주관하는 수호신이나 마찬가지였다. 그래서 그들은 언제나 그 나무를 하나의 신으로 섬기며, 매년 길일을 택해 제사를 드리곤 했다.

그런데 시의 6~9행에 이르면, 이러한 "당산목"에 마을의 수호신으로서의 역할과 위상에 큰 변화가 찾아오며 급전직하急轉直下하는 운명에 처하게 된다. 우리나라가 70년대 이후로부터 정치, 경제, 사회, 문화적으로 급격하게 발전하고, 전 국토가 산업화와 도시화의 물결에 휩쓸리게 된다. 사람들은 너 나 없이 교육과 취업, 혹은 문화적 향수를 위해서 정들었던 고향 마을을 떠나 도시로 몰려들었다. 그로 인해 농어촌 공동체는 급격하게 붕괴하기 시작하고, 수백 년 동안 흔들림 없이 묵묵히 마을 사람들을 지켜 오던 "당산목" 역시 수호신으로서의 위상을 잃고, 평범한 한 그루의 "늙은 느티나무"로서 겨우 명맥을 유지해 가게 된다. 이제 그 늙고 볼품없는 나무는 텅 빈 고향 땅의 "산야"를 바라보면서, 자기 자신조차도 떠날 날만을 엿보고 있다. 지금 언론에서 국가적 아젠다로 회자되고 있는 '지방소멸'이나 '인구절벽'이라는 말은 그러한 "당산목"의 운명과 현실을 상징적으로 보여 준다.

당산목 역할을 해 왔던 "늙은 느티나무"는 오랫동안 자기의 모든 것을 바쳐 고향 땅을 지켜온 사람과, 치열한 생존경쟁에서 밀려난 사람들의 상징이다. 온갖 풍상을 겪어 온 "늙은 느티나무"처럼 국가와 민족을 위해서, 온몸에 성한 곳이 없을 정도로, 혹은 "호국 전사"가 전쟁터에서 싸우듯이 몸과 마음을 바쳐 일해 왔다. 하지만, 오늘날 이렇게 아무도 찾지 않는 외진 곳에, 무관심하게 방치된 채 홀로 살아가야만 한다는 것은 참으로 고통스럽고 서글픈 일이다. 그러나 그들은 자기가 처한 현실을 불평 불만하거나 저주하거나 비난하지도 않는다. 오히려 "지난겨울 눈보라"에 목숨을 잃을까 하는 우려를 불식시키고 "올봄"에도 변함없이 나뭇가지에 "파릇파릇한 새잎"을 피워 낸 "늙은 느티나무"처럼 말이다. 죽음처럼 혹독한 겨울 추위와 눈보라 속에서도 메마른 가지마다 새 생명을 푸르게 피워 내는 나무처럼, 피폐해져 가는 고향 땅에서 희망을 잃지 않고 "홀로 따뜻하게" 살아가고 있다. "홀로 따뜻하게" 사는 것은 단지 실존적인 존재로서 육신의 안락과 평화를 추구하는 삶이 아니고, 이성의 한계를 넘어 비이성적인 초월적 삶을 사는 것을 암시한다. 그러한 삶을 사는 사람은 고통과 절망, 슬픔과 분노 등 어떠한 실존적인 한계상에 구속되기보다는, 그것을 뛰어넘어 초월적이고 정신적인 안락과 평화의 세계로 나아가길 꿈꾼다. 그런 소망과 믿음이 있기에 그들에게는 코로나19를 비롯한 어떠한 현실적 장애와 고통도 능히 극복할 수 있는 생명의 에너지가 충전되어 있다.

4. 실존에서 초월과 구원으로

류시경 시인의 시집『패랭이꽃 백서』의 제2부「그리움, 그리고 몽환」편에 실려 있는「수미산」을 비롯한 일련의 시편들은, 그 시적 성향이 지금까지와는 달리 이상적, 몽환적, 신비주의적, 그리고 초월적인 경향을 보인다. 그렇다고 해서 시인이 같은 시집에 실려 있는 다른 시작품들, 즉 코로나19가 초래한 한계상황에 대응하는 실존주의적인 시작품의 제재적 특성을 모두 버리거나, 의도적으로 그러한 시적 상황을 회피하고자 하는 것은 아닌 것 같다. 본래부터 인간의 내면적 특징은 선과 악, 진리와 불의, 죄와 양심, 이상과 현실 등이 이원대립적 구조이지만, 변증법적 통합과 더 나아가서는 주객일치의 통일성으로 나아가는 경향이 있다. 그것이 곧 유한적인 인간이 초월적인 영원한 신과의 관계를 유지하며 인간다운 일상성을 유지할 수 있는 방편이기 때문이다. 하지만, 류시경 시인의 시에서 인간 심리의 그러한 보편적 특징들이 시적 신념에 의해 기초한 것이라기보다는, 그의 실존주의 성향의 시처럼 팬데믹 상황과 관련해서 나타난 성향이라고 보여진다.

> 호야불도 가만히 귀 기울이는
> 고요한 그 산방의 밤은
> 어떤 욕망도 어떤 추함도
> 끼어들 수 없으리
>
> 하늘 아래 첫 두메에
> 통나무집 짓고 호젓이 홀로 사는
> 벗 하나 있었으면

시적 화자와 그의 친구는 어떤 연유로 하여 함께 있지 못하고 멀리 떨어져 있다. 화자는 지금이라도 당장 만나서 함께 "이야기 타래"를 술술 풀어내고 싶다. 그런데 정작 화자가 그 친구를 그토록 만나고 싶어 하는 이유는 "이야기" 자체보다도 그 친구가 살고 있는 아름답고 신비롭기조차 한 "집" 때문이다. 그 집은 바로 "하늘 아래 첫 두메"에 "통나무"로 지어진 집이다. 하늘 아래 첫 두메, 즉 세상과는 멀리 떨어진, 하늘에 닿을 듯 높은 산에 사람과 문명의 때가 전혀 묻지 않은 "통나무"로 지은 집이다. 이런 집은 세상에서는 볼 수 없는 참으로 정결한 장소에 지어진 신비로움이 가득한 집이다. 마치 성경에서 하나님이 거주하시는 거룩하고 순결한 성소聖所와도 같은 곳이다. 시인이 굳이 이러한 장소에 지어진 집에 사는 친구를 만나고 싶어하는 것은 바로, 그곳은 실존적 존재로 맞닥트려야 하는 한계상황의 대립과 갈등, 고통과 절망, 죽음과 슬픔도 없는 기쁨과 평화, 그리고 영원한 삶이 존재하는 초월적 장소이기 때문이다. 인용 시에서, "어떤 욕망도 어떤 추함"도 존재하지 않는 곳이란 바로 그러한 장소를 말한다. 이 말의 역설적 의미는, 욕망과 추함이 가득한 화자, 즉 시인 자신이 초월적 시공간에 있는 완전무결하고 영원한 어떤 절대자와의 동일시로써, 실존적 존재로서의 자신을 승화시키는 것이다.

> 왕대로 엮은
> 뗏목에 몸 싣고
> 댓잎 부채로 설렁설렁 바람 저어
> 수미산으로 가 볼까
>
> 높을수록 좋고
> 그곳에 지복이 있다며
> 고지를 향해 우르르 오르는
> 경사진 길만 길인가
>
> 고요한 물에 비치는
> 일엽편주에 등을 붙이고
> 느릿느릿 허공을 부채질하여
> 수미산으로 가 볼까
>
> -「수미산」 전문

"수미산"은 불교의 우주관에서 세계의 중심에 있다는 상상의 산을 가리키는 불교 교리를 함축하고 있는 이상적인 산이다. 세계는 넓은 바다로 되어 있는데, 그 한가운데 수미산이라는 큰 산이 있다고 한다. 그리고 수미산 사방에는 네 개의 대륙이 있고 위로는 하늘天이 있어 하늘 사람天人이 살고 있고 아래에는 지옥이 있다고 생각했다.

　지금 시인은 "지옥"과도 같은 거친 실존적 삶의 한가운데서, '하늘'과 '하늘 사람'의 영역인 "수미산"으로 향하는 상상을 한다. 1연은, 시인이 세상에서 가장 간편하고 소박하게 만들어진 배를 타고, 홀가분하고 여유로운 모습으로 수미산을 향해 가는 환상이다. 그런데 세계의 중심이며 완전무결한 해탈解脫의 세계인 "수미산"으로 가는 시인의 모습은 너무 소박하고 간편하다. 타고 가는 배는 "왕골"을 엮어서 만든 "뗏목"이며, 시인이 손에 들고 있는 "부채" 역시 "댓잎"으로 만든 것이다. 인위적으로 꾸며지기보다는 이렇게 소박하고 자연 친화적인 모습이 곧 진리와 해탈의 세계인 "수미산"으로 가는 길임을 암시해 준다. 즉, 금은보화로 장식한 화려하고 웅장한 배나 부채가 필요 없다는 말이다. 2연에서 묘사되고 있는 실존적인 세상에서의 삶 또한, 이처럼 권력과 부와 명예 등 덧없는 욕망을 버리고, 소박하지만 거룩하고 순결하게 살아야만 한다고 가르치고 있다. 3연은 2연과 대조적인

모습으로, 무욕無欲과 평화로운 마음으로 실존을 넘어 이
상적이고 신비로우며 초월적인 "수미산"을 오르는 시인
의 환상이다.

오늘은 낙타를 타고
하늘로 가련다
우체부가 되어 당신께 가련다

(2, 3연 생략)

꾹꾹 눌러 묶은
불멸의 사랑
이승 이야기 가득 담은 자루
걸쳐 얹은 낙타를 타고
오늘은 하늘로 가련다

무한 허공에도 길이 있어
당신께 이르는 길 무수히 열려 있어
이 가슴 헤매지 않으리

무게에 부대껴 다리가 휘청대고
굵은 힘줄 불끈불끈 힘에 부쳐도
날 두고 돌아서지 않는 낙타를 타고
오늘은 당신께 가련다

(7연 생략)

아, 그리워 찾아간 당신 집에 이르면
별꽃이 부시고 부신 낙타와 나를 보고
당신이 기쁘리라

당신의 하늘에서 나는 희망을 보고
불변한 사랑 꾹꾹 눌러 낙타에 싣고
해를 따라 돌아오리라

-「오늘은 낙타를 타고」 일부

　순수하고 아름다운 사랑 이야기가 한 편의 동화처럼 몽환적으로 펼쳐지고 있는 시작품이다. 남녀 간의 사랑 이야기는 대개가 낭만적이고 감상적인 서정이 감미로운 스타일로 표현되고 있다. 하지만, 류시경 시인의 이 시는 특이한 제재와 시적 배경, 시적 주인공과 등장인물, 그리고 시적 상황을 통해서 환상적, 초월적으로 표현되고 있다. 먼저 인용 시에는 시적 주인공으로 한 쌍의 사랑하는 남녀가 등장하고 있는데, 불행하게도 두 사람은 함께 있는 것이 아니라 멀리 떨어져 있다. 그런데 그들 중 한 사람, 즉 시인이 사랑하는 남자는 지상이 아닌 우주 공간 어딘가에 존재하는 가상의 인물이다. 사랑하는 사람을 직접 대면해서 사랑을 나눌 수 없는 시인은, 부득이 자신이 직접 "우체부"가 되기로 결심하고, 4연에서 시인은 그동안 못다한 "불멸의 사랑" 이야기를 담은 "자루"를 낙타에 싣고 장도長途에 오른다. 시인은 광활한 우주 공간을 지나 사랑하는 "당신"을 만나 기쁨을 나눈 후, 그로부터 "불멸의 사랑"을 확인한 후 다시 지상地上으로 돌아온다.

지금까지 두 남녀 주인공의 독특하면서도 경이로운 러브스토리를 요약하여 살펴보았다. 그런데 이 이야기는 현실에서 실제로 벌어지는 사건이 아니라 시인의 상상 속에서 벌어지는 환상적인 이야기이다. 따라서 애초부터 그 사랑은 실현될 수 없는 것이고, 시인 자신은 이러한 사실을 알고 있었다. 그럼에도 불구하고 그토록 간절하게 사랑하는 남자를 못 잊어 하고 만나길 갈망한 이유는 무엇일까? 이는 한마디로 초월적인 절대자를 통해서, 한계상황 앞에서 선 인간으로서의 시인이 자신의 실존적 한계를 극복하기 위함이다. 따라서 이야기에 등장하는 "당신"은 다름 아닌 초월적이며 영원한, 그러나 인간이 갈 수도 없고 알 수도 없는 우주 공간 어딘가에 존재하는 절대자, 곧 하나님을 상징한다. 그러니까 시인의 "불멸의 사랑"의 상대는 바로 하나님으로, 그분과 나누는 사랑은 순수하고 거룩하다. 그러한 사랑이 있기에 시인은 코로나19 팬데믹 속에서 맞닥트리는 한계상황과, 그 정점에서 '지옥'처럼 군림하고 있는 죽음조차도 두렵지 않다.

인용 시작품에는 "당신"과 함께 "낙타"라는 동물이 자주 등장한다. 낙타는 "당신"과 시인 사이에서 사랑의 메신저 역할을 하는 중요한 존재이다. 시인이 굳이 낙타를 사랑의 메신저로 선택한 것은, 다른 동물들과 다른 낙타의 개성적인 생태학적 특징 때문이다. 낙타는 무덥고 건조한 장거리 사막 여행에 적합한 신체구조와 성격 또한 온순한 동물로 알려져 있다. 그러나 낙타가 아무리 그러한 신체적, 성격적 특성을 가지고 있는 동물이라 하더라도, 먹고 마실 물과 풀이 없는 뜨거운 사막길을 몇 날 며칠을 쉬지 않고 걸어야 한다는 것은 참으로 고통스럽고 피곤한 일이다. 그러한 환경을 극복하고 오직 주인을 위해 끝까지 무한한 인내와 헌신을 다 바쳐야만 한다. 그러한 일은 사람도 견디기 어려운 일이지만, 동물인 낙타는 충실하게 수행한다. 애완동물처럼 세상 가운데서 누리는 탐욕과 허세와는 멀리, 낙타는 평생 별과 달과 해와

모래만을 바라보면서, 순수하고 거룩한 마음을 스스로 단련시키며 인내와 헌신을 체득하고, 사막 끝에 있는 생명의 오아시스에 대한 꿈과 희망을 간직한 채 자신의 사명을 다할 뿐이다. 낙타의 이러한 모습은 곧 시인이 추구하는 삶의 태도와 목적과 일치하는데, 사랑하는 절대자를 향한 구도求道의 길이기도 할 것이다. 다음 인용 시는 구도자로서의 시인의 모습을 직정적으로 토로하고 있다.

임이시여
이 몸은 별입니다
높고 넓고 화려한 곳
원치 않고
우러러 당신만을 바라보며
거친 땅을 택한
작은 별입니다

사랑이시여
당신 손길 기다리다
시들고
밟히고 뭉개져 흙에 묻힌 들
이 몸 복될지니
당신 만날 여정의 시작임을
알기 때문입니다

무거웠던 육의 시간 벗어나
영이 빛날 때
나는 알 것입니다.
당신과의 일치
생의 의미에
나 비로소 닿았음을

- 「패랭이꽃 백서」 전문

　구도의 길을 가는 시인의 절대자를 향한 사모의 정과
마음의 결단이 영탄적 어조와 경외감의 뜨거운 열정으
로 표현되고 있는 시작품이다. 1연에서, 시인은 자신을
밤하늘에 영롱하게 빛나는 "작은 별"로 비유하고 있다.
"작은 별"은 시적 화자인 "나"를 은유적으로 드러내는 보
조관념으로, 자신이 "거친 땅", 즉 현실 속의 미약하고 볼
품없는 피조물임을 암시한다. 실존적 인간으로서 "밟히
고 뭉개져 흙에 묻힌" 시인 자신과, "높고 화려한 곳", 즉
하늘에 존재하는 절대적인 "임"과의 대조적인 차별화가
이뤄지고 있다. 류시경 시인은 이러한 차별화를 통해서,
한낮 미천한 지상적 존재로서 자신의 구원은 오직 "사
랑"을 베푸는 "당신의 손길"에 이뤄질 수 있음을 깨우치
고 있다. 그러기에 현실이 아무리 고통스럽고 힘들더라

도, 그것이 "당신"께로 갈 수 있는 "복" 주심이라면 기쁨으로 받겠다고 선언한다. 예수님께서 지상의 온갖 수난 끝에 부활과 승천의 영광을 얻으신 것처럼, 시인도 3연 첫 행에서 온갖 현실적 질곡桎梏을 스스로 감내하고, 시인을 향해 내미신 "당신"의 사랑의 "손길"을 잡게 될 때, 시인은 비로소 "육"의 존재에서 "영"의 존재로 다시 태어나게 된다. 그것은 곧 하나님과 시인 자신의 일치로, 시인은 하나님 안에, 하나님은 시인 안에 존재하게 된다. 이러한 합일 속에서는 영과 육, 나와 하나님, 현실과 초월, 삶과 죽음이 하나이다. 이제 시인이 그토록 바라던 진정한 "생의 의미", 즉 구원을 성취한 시인은 유토피아에서 영원한 복락福樂을 누리게 될 것이다.

5. 에필로그

현재 전 세계는 전대미문의 '코로나19 팬데믹' 상황에 빠져 있다. 바이러스의 변이와 확산 속도와 가공可恐할 파괴력을 예방 백신과 치료 약 개발이 따라잡기 힘들 정도다. 결국 지구 상의 모든 인류는 너 나 할 것 없이 시시각각 다가오는 죽음의 그림자와 생명에 대한 공포와 불안에 휩싸여 있다. 선진국이라고 평가받던 유럽과 미국의 방역시스템이 코로나19 바이러스의 무차별적인 공격에 속수무책으로 무너지고 있다. 그나마 메르스와 신종플루의 학습효과 덕택에 우리나라는 'K-방역'의 우수성을 세계적으로 인정받고 있지만, '위드 코로나'의 시작과 함께 새롭게 등장한 '오미크론' 변이 바이러스로 인해 감염자와 사망자가 폭증하는 등 새로운 위기에 봉착하고 있다. 그야말로 한 치 앞을 가늠할 수 없을 정도로 상황이 긴박하게 전개되고 있다. 그만큼 짙은 죽음의 그림자가 우리 삶의 일상 속에 깊숙이 들어와 있다고 할 수 있다.

이러한 죽음의 이미지는 동시대를 살아가는 한 사람이자 시인으로서, 류시경 시인의 시작품에도 그대로 반영되고 있다. 그러한 내용의 시는 이글의 두 번째 장인 "순수 서정에 드리운 어둠과 죽음의 이미지"에서 다뤄지고 있는데, 시인이 쓴 순수 서정시와의 대조를 통해서, 팬데믹 상황이 시인의 정서와 감정에 얼마나 큰 영향을 끼쳤는가를 확인할 수 있다. 죽음과 어둠의 이미지를 비롯해서, 고통과 슬픔, 절망과 분노 등, 순수 서정성과는 질적으로 다른 정서와 감정이 시작품 속에 표현되고 있다.

야스퍼스는 이러한 시인의 모습은 한계상황에 처한 사람들의 정서적·감정적 경험의 특징이라고 말하며, 이성과 합리성이 지배하는 본질론에서 벗어나, 존재론이 삶의 가치와 목적을 지배하게 되는 것은 이때로부터라고 지적한다. 류시경 시인은 코로나19가 초래한 한계상황에서, '나'와 '세계'에 대한 실존적 인식을 통해서 비이성적이고 비합리적인 코로나 팬데믹에 주체적, 능동적으로 대응하고자 한다. 현상現象을 서정적, 관념적, 추상적으로 생각하기보다는 경험적, 구체적, 현실적으로 받아들여 그 원인을 분석하고 어떤 결론에 이르고자 한다. 본문의 세 번째 장인 "한계상황에 처한 실존적 자아 인식과 주체적 삶의 추구"는 바로 시인의 그러한 모습을 다룬 부분이다. 시인은 팬데믹 상황의 힘든 현실의 벽을 마주했을 때, 결코 도피하거나 자기 존재를 상실하지 않고, 그러한 한계상황을 진지하게 받아들이고 대처함으로써, 하나뿐이며 한 번뿐인 자신의 존재를 자각하고 스스로의 삶을 새롭게 창조해 가고자 한다.

그러나 한편으로, 류시경 시인이 실존적 존재로서 아무리 혼신의 힘을 다하여 치열하게 삶을 산다 하더라도, 삶의 진정한 성취감과 행복을 누리는 것에는 한계가 있다. 본래 육과 영, 선과 악, 현실과 이상 등 이원대립적 속성을 가지고 있는 유한적인 인간으로서, 어느 한 편만의 성취나 충족만으로는 완전한 삶을 살았다고 할 수 없기 때문이다. 궁극적인 삶의 목적을 이루는 것은, 앞의 상반된 두 가지 명제의 일치에서만 가능하기 때문이다. 이러한 사실을 처음부터 알고 있었던 시인은, 이제 실존적 삶을 넘어서 이상과 초월, 환상과 신비적 세계에 대한 관심과 추구로 나아간다. 그러한 세계의 궁극적인 도달점은 죽음과 삶도 없고 시간과 공간도 없는 무한하고 영원한 절대의 세계로, 거기에는 절대자가 존재한다. 그는 곧 하나님으로 시인의 실존적 가치는 그분으로 하여 의미가 있기 때문에, 시인의 시적 의지와 노력은 그분께로 나아가는 여정旅程이 되고 있다. 끝이 보이지 않는 코로나19 팬데믹 상황의 한가운데서, 그것을 극복하기 위하여 노심초사하고 전력투구하는 시인에게, 그것은 또 다른 희망의 빛이 되고 있다. 시인은 자신뿐만 아니라 모든 인류의 어둡고 차가운 죽음의 터널을 환히 비춰서, 자유와 평화의 '구원의 문'을 열어주는 생명과 부활의 작은 빛이 되길 소망한다. 결국, 궁극적인 팬데믹 극복은 업그레이드 된 백신이나 치료 약, 혹은 최첨단 의술이 아니라 바로 시인이 본 이러한 '희망의 빛'에 있다. 절대자인 하나님에 대한 완전한 의탁은 넘어설 수 없는 한계상황 속에 있는 모든 사람의 고통과 슬픔, 절망과 분노를 치료해 줄 수 있는 진정한 '백신'이다. 네 번째 장인 "실존에서 초월과 구원"에는 바로 그러한 시인의 의지와 모습이 담겨 있다.

패랭이꽃 백서

ⓒ 류시경, 2022

초판 1쇄 발행 2022년 3월 18일

지은이   류시경
펴낸이   류지형
편집   좋은땅 편집팀
펴낸곳   도서출판 옥연서사
주소   수원특례시 권선구 권선로 436번길 21, 112동 1202호
전화   031)292-9805
이메일   jhrheu@naver.com

ISBN   979-11-978173-0-4 (03810)